Clemens Berger

Ein Versprechen von Gegenwart

Clemens Berger

Ein Versprechen von Gegenwart

Luchterhand

I

DIE FILETSPITZEN DANACH

Heute kann ich nicht mehr mit Bestimmtheit sagen, wann sie sich erstmals auf den Stuhl am Ecktisch setzte, wann er sich erstmals auf der Bank nach hinten sinken ließ, weit entfernt von den Fenstern, sie mit dem Rücken zum Lokal, er mit dem Rücken an der Wand. Ich habe das Gefühl, als wären sie auf einmal immer schon dagewesen, alte Bekannte, die in unregelmäßig regelmäßigen Abständen das Lokal besuchten, in dem ich beschäftigt war. Ich weiß nicht mehr, wann sie zum ersten Mal Bitter Lemon oder Cola Light, wann er zum ersten Mal Bier und Filetspitzen bestellte, medium rare, mehr rare als medium. Im Nachhinein ist mir, als wären sie nie gewöhnliche Gäste gewesen, als hätte ich von ihrem ersten Auftritt an – und man kann nicht anders als von einem Auftritt sprechen – meine Augen und Ohren, vor allem meine Ohren, nicht von ihnen lassen können, als hätte meine Neugier in jenem Augenblick eingesetzt, in dem er ihr lächelnd die Tür aufgehalten hatte und sie, eine schwarze Strähne aus dem Gesicht streichend, auf hohen Absätzen eingetreten war, leicht, beschwingt, geschmeidig, als wären diese Schuhe für sie entworfen worden, als hätte *sie* nie lernen müssen, was manchen so schwerfällt, sie lächerlich und linkisch wirken lässt. Ich wünschte einen guten Abend, sie nickte mir zu, ihr Gang war betont aufrecht, ihr Rücken durchgedrückt, ihr Kinn leicht nach oben geneigt, als sie den freien Tisch ansteuerte.

Wenn ich sage, sie sah atemberaubend aus, wird man mich fragen, was das bedeute, und ich kann nur antworten, dass ich jedes Mal, bevor ich an ihren Tisch ging, tief Luft holen musste, obwohl ich mich freute, die beiden, ja: beide zu sehen. Wenn ich sage, sie sah umwerfend aus, wird man mich fragen, wer an meiner Stelle die Gäste bedient habe, und ich kann bloß antworten, dass ich es war, weil ich weder stolperte noch kollabierte, zumindest nicht dort, wo wir üblicherweise von Wirklichkeit sprechen. Wenn ich sage, sie war schön, wird man mich fragen, was das heiße: schön, und ich kann, bevor ich sie zu beschreiben versuche, nur vermuten, dass neun von zehn Männern ihre Frauen für sie hintergangen hätten, und dass sie für mich nichts weiter als schön war, wenn ich sie beobachtete, sehr schön, wenn ich sie in mein Kopftheater rief, und wunderschön nach dem zweiten oder dritten Glas, wenn ich abgesperrt, meine Musik aufgelegt, Kassa gemacht hatte und immer noch sie vor mir sah, während ich mit Bekannten, die ich versehentlich Freunde nannte, am Ecktisch gegenüber saß.

Vielleicht passt mein Blick nicht in die Zeit, in der wir leben, und vielleicht hatte ich darum eines Tages Aufzeichnungen zu machen begonnen, Satzfetzen ohne Punkte, atemlos, kaum entzifferbar, von wenigen Beistrichen durchfurcht, die nichts sollten und nichts wollten als Tatsächlichkeiten zu protokollieren, weil ich jedes Mal, wenn ich die Geschichte auch nur andeutungsweise hatte loswerden wollen, unterbrochen worden war. Man hielt mir vor, meine Phantasie gehe mit mir durch, meine Beschreibungen, vor allem jene von ihr, riefen Verdächtigungen auf einen Plan, der nicht meiner war, man unterstellte mir alles Mögliche und Unmögliche, nur um sich nicht mit dem beschäftigen zu müssen, womit ich mich seit geraumer Zeit beschäftige und was ich die zweite Welt nennen will. Ich weiß nicht, ob die zweite Welt die erste stützt oder vielmehr ihre notwendige Unterseite darstellt oder ob die zweite Welt nicht doch Einspruch gegen die erste anmeldet. Für mich zählt die zweite Welt, welche die erste in Stillstand versetzt, zumindest für eine kurze Zeit, wenn das Gehirn auf Urlaub, der Baum vor dem Fenster ein Baum, die Musik aus den Boxen Musik, der nächste Tag der nächste Tag ist, wenn man anders spricht, dem anderen näher ist – oder beinahe so weit entfernt wie davor.

Im Rückspiegel ist es ein Satz, mit dem mein Interesse für die beiden anhob, ein schnell gesprochener Satz in ihrer tiefen Stimme, die stets ein leises Lächeln mitzuführen schien, das ihm, das ihr, das der Welt gelten konnte. Da saßen sie, an dem Tisch, an dem sie in meiner Erinnerung immer schon gesessen sind, in dem Zustand ausklingender Beiläufigkeit, in dem ich sie immer schon erkannt zu haben meinte, wenn man lächelt, der Kopf warm, die Welt freundlich ist, kurz vor Mitternacht oder kurz danach – das war die Zeit, zu der sie kamen, wenn sich das Lokal zu leeren begann, ich die Selbstvergessenen mehr oder minder subtil hinauskomplimentierte, bevor es noch einmal voller wurde und Kellnerinnen und Köche von anderswoher zu Gutenachttrünken kamen.

Wahrscheinlich, und wie auch nicht, hatte ich die beiden schon vorher wahrgenommen, aber ob sie einmal, zweimal, mehrere Male da gewesen waren, könnte ich bei bestem Willen nicht mehr sagen. Es war im Frühsommer, das heißt, auf dem Kalender war Frühsommer, es regnete seit Tagen, der Himmel war wolkenverhangen, selbst die buntesten Fassaden schienen grau, die Menschen, die allein an der Theke standen, beschwerten sich über den Regen, als ließe er sie ohne Begleitung, verteufelten den Wind, als bestellten sie seinetwegen Bier, Wein und Whiskey, wünschten das Grau vom Himmel und zumindest Fetzen von Blau hinein, seufzten über nasse Schuhe, feuchte Socken, bevorstehende Erkältungen zu einer Zeit, in der längst die Sonne scheinen sollte. Ich ermunterte sie wider besseren Wissens, bestärkte sie in ihrem Ärger, scherzte bisweilen, die Klimaerwärmung sei nicht mehr als ein leeres Versprechen, wir alle sollten noch viel mehr Kohlendioxid in die

Atmosphäre blasen. Noch in der Tür spannte er den Schirm ab, den er über ihren Kopf gehalten hatte, sie trat ein, alle Männer drehten sich nach ihr um oder verfolgten sie mit verstohlenen Blicken, manche Frauen lächelten müde, verdrehten die Augen oder blähten die Backen – zumindest in meiner Erinnerung, die ich, während draußen die Sonne scheint und mich das Gefühl nicht loslässt, es sei falsch gewesen, Kristina zu schreiben, auf diesen Seiten aufzudröseln versuche.

Ich kenne sie alle, die, die sich gerade verlieben, unablässig aufeinander einreden, ihre Tage voreinander ausbreiten, ihre Mobiltelefone zücken, um den anderen an den Eindrücken eines Lebens teilhaben zu lassen, die großen Aufbrüche der Leidenschaft, wenn alles spannend und bedeutsam ist, jedes Wort, jede Geste, jeder Einblick in das noch fremde Leben, gerade so wie die, die sich entlieben, feindselig ihre Speise- und Getränkekarten durchblättern, beim Essen und Trinken beharrlich schweigen, die Blicke gesenkt halten oder abschweifen lassen. Ich kenne die wenigen, die nach Jahr und Tag noch immer Gefallen aneinander finden, einander immer noch immer Neues oder Gleiches anders zu sagen haben, ich kenne die Halbheimlichkeiten der Ehebrecher und Seitenspringer, den galanten Umgang miteinander, die Freundlichkeiten und Nachsichten, die einmal jemand anderem zugedacht waren. Ich kenne die kurzen Berührungen in ihrer unabsichtlich scheinenden Absicht, den leisen Druck auf die Schulter, die ins Ohr geflüsterten Worte, die sanften Tonfälle und erwartungsvollen Blicke beim Durchbuchstabieren der Vor- und Hauptspeisen, als gäbe es nichts Wichtigeres als jetzt, in diesem Moment, das jeweils Richtige zu wählen. Ich kenne die Dauer, für die seine Hand auf ihrer verweilt, kurz und mit Nachdruck, wenn die Berührung weder zufällig noch zudringlich erscheinen soll, länger, wenn es nicht bei zwei Gläsern Wein bleibt und er bedeutet, es komme nicht in Frage, dass sie zahle, er tue es gern, es sei nichts, nicht der Rede wert, nicht in dieser Welt. Ich kenne die, die alles über den Kellner ausmachen, als wäre er, der Diener ihrer Wünsche, in Wirklichkeit der Dritte im Bunde, der zu entscheiden hätte, wie und ob es weitergehe mit ihnen, die sich bei ihm über den unmöglichen Geschmack oder das viel zu laute Organ des anderen beschweren, und sei es nur mit einem Seufzer, einem kurzen Blick, der den Dritten wissen lässt, was der andere vielleicht noch nicht einmal ahnt.

Als ich an ihren Tisch kam, an dem Tag, als es draußen regnete, sein schwarzer Schirm in dem Behälter neben dem Eingang steckte, kurz vor Mitternacht oder kurz danach, als sie Bitter Lemon bestellte und er Bier und Filetspitzen, hätte ich sie nicht einordnen können in das mir Bekannte. Ein gut aussehender Mann, eine ungemein reizende Frau – das kam vor, vielleicht zu selten, aber es kam vor. »Der Löwe hat Hunger«, sagte sie mit leicht slawischem Akzent und lächelte kurz, dass ich mich am liebsten niedergekniet und ihr mein Leben zu Füßen gelegt hätte. »Allerdings«, sagte er, zog die Brauen hoch, nickte leise und atmete durch die Nase aus, ich konnte ihn nur glücklich schätzen – seines Hungers und ihres Verständnisses wegen. Sie zwinkerte ihm zu, der Koch, dem ich Filetspitzen in Auftrag gab, fragte mich, warum ich so unverschämt gut gelaunt sei, und auf dem Rückweg hinter die Bar, nach einem kurzen Blick in den Spiegel, verstand ich, warum er das gesagt hatte.

An dem Abend, an dem ich hellhörig wurde, trug sie schwarze, schimmernde Strümpfe, einen halblangen schwarzen Lederrock, der vom Nabel bis knapp über die Knie reichte, und ein schwarzes Top, das ungemein elastisch sein musste – angesichts ihrer glänzenden, auffällig geschwollenen Lippen gab ich mich keiner Illusion über den Preis ihres Busens hin. Die schwarzen Lackschuhe mit ihren Bleistiftabsätzen waren wahrscheinlich teurer als unser Fünfgangmenü für vier, und wer immer sagt, das sei nicht auf eine gewisse, schwer zu ergründende Weise anziehend und furchteinflößend zugleich, hat nichts von der zweiten Welt verstanden. Ihr Haar war schwarz und glatt, dicht und sorgfältig gebürstet, fiel in sanften Stufen bis zu den Schultern und voll in die Stirn. Ihr Gesicht war weiß, die Wangenknochen lagen hoch, ihre Züge hatten etwas Delikates, Selbstbewusstes – eine Frau, die den Kopf in den Nacken wirft, weil sie die Blicke ohnehin auf sich gerichtet weiß. Sie war stets sorgfältig und gut gekleidet, bisweilen sehr gewagt, ein kurzer Blick auf ihre Handtasche genügte, um zu wissen, in welcher Auslage sie gestanden war, und dass man sehr wohlhabend oder sehr verliebt sein musste, um sie einer Frau zu schenken.

Nur in Verbindung mit seinem an den Seiten noch feuchten Haar, seinem flüchtig übergestreiften T-Shirt oder nicht bis oben zugeknöpften Hemd, verrieten ihr Blick und ihre Stimme etwas von dem, was sie zuvor getan haben mochten. Während sie stets frisch aussah, aufgeräumt, wie man sagt, gefiel er sich in einer gewissen Verruchtheit. Er hatte nicht geduscht, nichts zu verbergen, im Gegenteil, wie er dasaß und seine Zigarette rauchte, den Qualm tief einsog wie ein Arbeiter, der sein Werkzeug beiseite gelegt hat, wie er die Ärmel seines T-Shirts hinaufrutschen ließ, damit man seine Muskeln sah, oder die Ärmel seines Hemdes hochgekrempelt hatte, damit der Schweißfilm auf den Unterarmen zur Geltung kam, immer schien er, zurückgelehnt, die Arme bisweilen im Nacken verschränkt, zu sagen: »Ich war mit ihr.« Und damit: »Ihr nicht.«

Insgesamt hatten ihre Auftritte etwas Triumphales, Auftrumpfendes, das alle anderen auf ihre, die billigen Plätze verwies, und vielleicht, ich dachte bisweilen darüber nach, wenn ich sie länger nicht gesehen hatte, zogen sie daraus einen zusätzlichen Genuss, die Zugabe nach einer Aufführung, die im Verborgenen stattgefunden hatte und nun so viel stummen Beifall erheischte. Man konnte damit rechnen, und ich beobachtete es mehr als einmal, dass drei Viertel der Gespräche in dem Moment unterbrochen und umgelenkt wurden, in dem sie eintraten, das heißt: in dem sie auftrat, und dass es eine Weile dauerte, bis jene wieder aufgenommen wurden, wo sie ihr Ausrufezeichen gesetzt hatte. Ihre Beine schienen »Seht mich an«, ihr Hintern »Stellt euch vor«, ihre Taille »Wär doch schön«, ihr Busen »Seid entzückt«, ihr Gesicht »So bin ich« zu sagen, während alles in allem nur eines an ihr abzulesen war: »Nicht einmal denken.« Dass sie Männer, die sie anstarrten oder unbeholfen Augenkontakt herstellen wollten, die sie mit ihren Blicken, je mehr sie getrunken hatten, auszuziehen versuchten, nicht einmal ignorierte, ließ ihn gleichzeitig wissen, sie könne jeden haben, und wahrscheinlich sprachen sie so miteinander, hin und wieder, wenn sie ihm von den Blicken in der Sauna des Fitnessstudios erzählte, wie Männer sich entweder nicht satt sehen konnten an ihrem Busen, während sie über der Scham ein Handtuch hatte, das sie nur selten verrutschen ließ, oder so schnell wie möglich Reißaus nahmen, um nicht in peinliche Situationen zu geraten. Worauf er in aller Ruhe einer von Ersteren zu sein meinte, diskreter allerdings, er würde mit ihr plaudern und sie dabei höchstens interessiert beäugen, immerhin wisse sie genauso gut, wohin Frauen blickten, wenn sie ihn sähen, und was sie sich dabei vorstellten. Von Zeit zu Zeit blickte er sich mit einem milden Lächeln im Lokal um, als müsste er die anderen trösten, als wäre alles nur halb so schlimm, weil er sie, warum und wofür auch immer, es war nun einmal *so,* verdient habe, und ließ seinen Blick schweifen, als wäre es das Normalste von der Welt, zerrauft und zerknautscht mit einer Frau aufzutauchen, für die andere Hab und Gut gelassen hätten. Wenn er ihr dann etwas zuflüsterte, leicht über den Tisch gebeugt, die Hände mit Messer und Gabel darauf abgestützt, lachte sie bisweilen auf, als schwinge Metall in ihrer Stimme mit, und ich kam ein ums andere Mal nicht darum herum, den Kopf zu schütteln in dem das Wort *Hohn* Runden drehte.

Man hätte sie für vertraute Geschäftspartner halten können, die nach einem langen Tag im Büro noch etwas zu besprechen hätten, vielleicht die Intrigen eines Herrn X gegen eine Frau Y, vielleicht eine bevorstehende Revision, einen Rettungsplan, eine Offensive, wie immer die Wörter der Gaunersprache lauten, die ich von Woche zu Woche weniger ertrug, wenn er nicht so gar nicht wie ein Geschäftsmann ausgesehen hätte und beide nicht so offensichtlich ihre Entspanntheit ausgestellt hätten, er in aller Deutlichkeit, sie in ihrer Diskretion vielleicht noch deutlicher.

Da war eine Langsamkeit an ihnen, sanfte Verzögerungen, die etwas in mir ansprachen, wie sie die Hände bewegten, wie sie ihre Köpfe drehten, wie sie nach den Gläsern griffen, deutete ein Behagen an, das von unaufhörlichen Hormonausschüttungen rühren mochte, wie Zeitungen und Magazine uns zu belehren versuchen, während ich sah, was ich nicht sehen konnte, mir allerdings vorzustellen gezwungen war. Ihre Bewegungen hatten etwas Somnambules, Geschmeidiges, und während alles ringsum entweder schnell, betont bedächtig oder stumpf von zu viel Alkohol war, muss ich ihren Anblick einmal in Zeitlupe, dann wieder mit der Pausefunktion festgehalten haben, in jenem Moment, in dem das Bild einfriert, noch in Bewegung vom vorangegangenen und schon in Bewegung aufs nächste zu ist. Wenn ich heute die Augen schließe, wechseln sich derart gefrorene Bilder in mir ab, reihen sich in zufälliger Wiedergabe aneinander – eine Kopfdrehung von ihr, eine kurze Einlage von ihm, wie sie zur Toilette geht und von Blicken verfolgt wird, wie er mitleidig lächelt, während er die Beobachteten beim Beobachten beobachtet, wie er ihr sein Telefon über den Tisch schiebt, um sie ein Foto sehen zu lassen, wie sie den Kopf nach hinten wirft, sich durchs Haar fährt und ihn mit einem kurzen Heben der Brauen eines suchen lässt, das sie tatsächlich sehen will. Sie waren, denke ich jetzt, der See glitzert silbrig, ein Wind wellt das Wasser, auf der Böschung sitzt ein Araber und trinkt Dosenbier, als Einzige im Moment – und ich mit ihnen.

Sie küssten einander nicht, keine Umarmungen, kein kurzes Berühren des Gesichts; er strich ihr keine Strähne aus der Stirn, sie nahm seine Hand nicht in die ihre, lehnte ihren Kopf nicht gegen seine Schulter, und wenn sie später das Lokal verließen, fasste er sie weder um die Taille noch schlang er einen Arm um sie. Bisweilen flüsterte er ihr etwas ins Ohr, die Unterlippe knapp an den Ohrläppchen, und ich musste mich nicht weiter fragen, worum es gehe, wenn sie lächelte und für einen klitzekleinen Moment die Augen verdrehte, als wäre unerhört, was sie eben zu hören bekam. Sie sprachen beiläufig miteinander, weder laut noch leise, eher nebenher, als wäre das nicht so wichtig, als wäre, was gesagt werden musste, längst gesagt, und zwar anders und anderswo.

Es hätte etwas Einmaliges sein können, ein befreites Ausatmen, ein letztes Getränk, eine gewisse Nachlässigkeit gegenüber der Existenz des anderen, der eigentlich längst wieder in seinem Leben war und das eigene nicht mehr berühren würde. Aber dafür war bereits damals, als ich sie wahrzunehmen begann, zu viel Stolz in beider Blicke, zu viel Behauptung, zu viel wechselseitige Anziehung, die man sich in einem guten Lokal nicht eingestehen wollte – die sie sich wohl insgesamt bis zum Ende nicht eingestehen wollten. Mir war, als wollten sie einander unaufhörlich sagen, was sie wortlos Lügen straften: »Ich könnte auch ohne dich sein.«

Wenn ich sie heute wieder vor mir auftauchen sehe, in dieser anderen Zeit, in der ich auch mich wie von einer Aussichtswarte aus sehe, finde ich kein passenderes Wort als Nachsicht: Nachsicht in ihren Blicken, Nachsicht in ihren Gesten, Nachsicht in der Unaufgeregtheit ihrer Gespräche. Sie sahen und gestikulierten und sprachen *nach* dem, was sie in diesen Zustand versetzt hatte; ausgesetzt war die Vorsicht, ins Abseits verwiesen, von Anfang an wahrscheinlich. Was kommen würde, wie etwas kommen würde, darüber verschwendeten sie keine Gedanken, reine Gegenwart.

Als ich ihm ein Glas Rotwein einschenkte, ihr ein weiteres Fläschchen Bitter Lemon öffnete und eine Scheibe von einer Limette schnitt, stand ich nicht weit von ihrem Tisch entfernt, ihr kurzes Lachen unterbrach das von der Musik übertünchte Murmeln, sie neigte das Kinn leicht nach oben und fixierte ihn. »Du hast mich nur eingeladen, um ein neues Bett zu bekommen«, sagte sie, »Tut mir leid«, antwortete er, »beim nächsten Mal solltest du einen Geldkoffer mitnehmen.« »Du hast nicht nur das Bett zerstört«, sagte sie und hob drohend den Zeigefinger, bevor sie die Stimme senkte, »du hast *mich* beinahe zerstört.« Als ich an den Tisch kam, sprachen sie über Paris. Er liebte die Stadt, sie brauchte sie nicht mehr.

Ihn sah ich einige Male durch die Fenster, wenn er auf der kleinen geschlängelten Gasse an meinem Lokal vorüberhuschte, den Blick kurz ins Innere wandern ließ und ihn rasch wieder abwandte, als sähe er sich mit der Schönen, wie ich sie anfangs und ganz selbstverständlich nannte, in jenem Zustand unhinterfragbaren Einverständnisses am Tisch sitzen, der ihn immer wieder gewahr werden ließ, dass er Glück hatte auf dieser Welt. Wenige Tage, nachdem sie den Hunger des Löwen erwähnt und er sowohl seinen Hunger als auch den Löwen in ihm so nebenher wie möglich bestätigt hatte, stand ich rauchend vor meinem Lokal, als er mit einer jungen Blonden in die Gasse bog, an mir vorbei und in einem Haus wenige Meter entfernt verschwand. Noch während des Rauchens tauchte die Schöne in meinem Kopf auf, den sie lange, bis heute, ein junger Fuchs hat sich in den Garten am See verirrt, den Kopf in die Höhe gereckt, die lange Nase himmelwärts gerichtet, nicht mehr verlassen sollte. »Weißt du, dass du nicht die Einzige bist?«, fragte ich sie, wobei ich sie selbstverständlich duzte. »Wie alt bist du?«, entgegnete sie und lachte, bevor sie etwas sagte, das ich gern sagte: »Ich bin nicht eifersüchtig.« »Ich auch nicht«, sagte ich in mir zu ihr und zwinkerte ihr zu, als wäre das die angemessene Geste eines Kellners in einem Lokal wie dem, das ich das meine nannte, obwohl es das niemals war.

Am nächsten Nachmittag, als ich das Lokal aufsperrte, Stühle und Tische ins Freie trug, Sonnenschirme aufspannte und Wasserkaraffen füllte, das Wetter entsprach endlich wieder dem Kalender, sah ich den Lieferwagen einer Möbelfirma in zweiter Spur und mit eingeschalteter Warnblinkanlage vor dem Haus parken, in dem er mit der Blonden – und in meinem Kopf mit der Schönen – verschwunden war. Zwei Arbeiter stiegen aus, klingelten im oberen

Drittel der Gegensprechanlage, die Haustür öffnete sich summend, die beiden verschwanden, die Sonne spiegelte sich in den Heckscheiben der Autos, die Luft flirrte, die Menschen trugen Sonnenbrillen, vor einem Laden standen Rosmarin- und Basilikumsträucher, die bis zu mir dufteten. Ich verteilte Aschenbecher, rückte Stühle und Teller zurecht, und während ich mit Julia telefonierte, kamen die Arbeiter mit Holzlatten, Holzbeinen und Verstrebungen aus dem Haus, räumten alles lachend und kopfschüttelnd auf die Ladefläche, zündeten sich Zigaretten an und stiegen in den Wagen. Kurz nachdem sie abgefahren waren, kam er aus dem Haus und schritt, eine Ledertasche unter den Arm geklemmt, in die entgegengesetzte Richtung. Ich ging zum Haus, blieb vor der Gegensprechanlage stehen und fand im oberen Drittel den Namen, der auf seiner Kreditkarte zu lesen war und mich im Netz zu seinem Profil im Ensemble eines Theaters führte.

Einen ganzen langen Abend konnte ich das Bild der lachenden und kopfschüttelnden Arbeiter nicht verscheuchen, in meinem Kopf setzte ich unentwegt die Holzlatten wieder zusammen, schraubte unaufhörlich die Beine, brachte ein ums andere Mal die Metallverstrebungen an, nur um alles aufs Neue brechen und dabei die Schöne zu sehen, mit offenem Mund und offenen Augen, leise glucksend, dann laut lachend, in einer zum V gewölbten Matratze, ihn abwechselnd über oder auf ihr, verschwitzte Laken, verschwitzte Körper, verklebte Taschentücher auf dem Parkett. Es war an diesem Abend, eine reiche Familie feierte den fünfundzwanzigsten Geburtstag eines Sohnes, der mit fünfundzwanzig schon wie ein Herrscher auftrat, an dem ich sie von *Die Schöne* in *Die Wildkatze* umbenannte und mir der Treffsicherheit meiner Vorstellungen gewiss war; ich konnte nachgerade die Kratzer auf seinem Rücken und an den Lenden, die blauen Flecken auf den Innenseiten seiner Oberarme und die dunklen Ringe auf seiner Brust sehen. Alle weiteren Bilder, die mich an dem Abend heimsuchten, der mit einem kleinen Eklat und einem wie zum Hohn irrwitzig hohen Trinkgeld endete, verschweige ich lieber, weil ich sie selbst vor mir zu verschweigen begann, zumindest in jenem Moment zu verschweigen versuchte, als ich mich dabei ertappte, nicht mehr nüchtern und aufgekratzt wie lange nicht mehr, Kristina eine Kurznachricht schicken zu wollen.

Die Wildkatze steckte in einem roten, tief dekolletierten Kleid, die langen Beine nackt, die Lippen sehr rot, die Schuhe schwarz, der Löwe trug zerknitterte Jeans und ein ausgebleichtes graues T-Shirt, als sie das nächste Mal zur Tür hereinkamen. Ihr Anblick war eine Unverschämtheit jedem um Zivilisiertheit bemühten Mann gegenüber, ich blickte sie äußerst sachlich an, während sie mit tiefer Stimme Bitter Lemon bestellte und er mich überfreundlich um Bier und Speisekarte bat, obwohl er wieder das gleiche verlangen würde. Weder sie noch er trug einen Ring an jenem Finger, den man zuerst anblickt, was mir erst später auffallen sollte, als ich mich eingehender und alles andere als freiwillig, Versatzstücke zusammensetzend, mit ihnen zu beschäftigen begann.

Sie sprachen über Beziehungen, von oben herab, als hätte das nichts mit ihnen zu tun, wobei sie, sehr aufrecht sitzend, den Rücken durchgedrückt, die in Fragen gehüllten Antworten gab und er, die Arme im Nacken verschränkt, ihre in Fragen gehüllten Antworten bestätigte. Wie man mit so einer Kreatur zusammenleben könne, fragte sie, ich hatte keine Ahnung, um wen es ging, immerhin hatte ich viele Tische im Auge zu behalten, während einem allein mein Ohr zugeneigt war. Gewohnheit, antwortete er, als ich sein Bier zapfte, Mittelmäßigkeit, weil es sich so gehöre; wie viele Beziehungen sie kenne, die ihr glücklich erschienen, oder anders gefragt: Wie viele Beziehungen sie kenne, um die sie jene beneide, die sie führten? Als sie nichts sagte und ich mit den Getränken und der Speisekarte zum Tisch kam, als sie lächelte und ich nicht, sagte er: »Eben.«

Von da an hörte ich sie immer wieder und, wie mir vorkam, immer häufiger über Beziehungen sprechen, wie schrecklich und langweilig sie seien, er könne sich nie vorstellen, wie der, sie könne sich bei bestem Willen nicht vorstellen, wie die zu leben, die Menschen suchten das Beruhigende, das Bekannte, das sozusagen Bewährte, weil sie ohnehin alle Hoffnungen fahren gelassen hätten. Monate später, kurz vor ihrer Verrücktheit, sagte sie, sie wolle nur noch zweierlei, entweder Freundschaft mit gelegentlichem Vergnügen oder etwas Ernstes, mit Ring und Kindern und einem Mann, den sie liebe, und erst heute, das Strandbad wartet, die Sonne scheint, unter meiner alten Nummer bin ich nicht mehr erreichbar, frage ich mich, ob ihnen bewusst war, worüber sie sprachen und was sie dabei verhandelten. Er sehe das genauso, meinte er und blähte die Backen, im Prinzip habe er all die Affären satt, die immer in Nervenkrieg und Gefühlsgemetzel endeten, mit dem Lautlosstellen des Mobiltelefons vorm Schlafengehen, den weiten Bögen um die Lokale, ohne die man bislang nicht leben zu können glaubte, der Angst vor Kurznachrichten und E-Mails, der Paranoia, die auf einmal alle Gedanken kapere. Bis hierher, deutete er und zog über der Nasenwurzel eine Horizontale durch die Luft. Das meine sie damit, sagte sie, und plötzlich glaube ich, sie wussten, was sie sagten, indem sie so vieles ungesagt ließen.

Ein ums andere Mal bezahlte er, nebenher und selbstverständlich, während sie kein einziges Mal nach ihrer Handtasche griff oder ihre Geldbörse zückte, um so zu tun, als wollte diesmal sie die Rechnung begleichen. Sie war die Frau, er der Mann, und auch wenn es offensichtlich war, dass sie mehr Geld hatte als er, war ausgemacht, wer zu zahlen habe, weil es andersrum beide beschämt hätte. In allem, was sie betraf, wie ich sie sah über Monate hinweg, bei Regen wie bei drückender Nachmitternachtshitze im Juli, als sie ein, zwei Mal wöchentlich auftauchten, war eine Klarheit, die mich heute wehmütig stimmt. Alles an ihnen weckte meine Neugier, wer sie waren, was sie taten, fand ich nur allmählich, Schritt für Schritt, in Wirklichkeit erst am Schluss heraus; alles, was sie taten, war klar und schnörkellos, selbst die Gespräche mit den doppelten Böden, die – recht betrachtet – keine waren. Beschwingt kamen sie zur Tür herein, das Hohe Paar, das sich seiner Außergewöhnlichkeit bewusst war, und allein wie sie gingen, wie sie sich unterhielten, wie sie einander anblickten, bisweilen mit dem flüchtigen Grinsen derer, die sich gerade bei Erinnerungen ertappen, die man nicht benennen und nicht vergessen will, hatte etwas, ich kann es nicht anders ausdrücken, freundschaftlich Verschworenes. Beim Sprechen blickten sie einander mit einer Selbstverständlichkeit in die Augen, die nichts mit dem Forschenden, Schmachtenden, Abwägenden, Überzeugenwollenden derer zu tun hatten, die sich ihrer möglicherweise gemeinsamen Sache noch nicht sicher sind. Sie blieben neugierig aufeinander, vielleicht wegen der unregelmäßig regelmäßigen Treffen, vielleicht wegen der fehlenden Vorsicht, vielleicht aus Gründen, die mir auf immer verschlossen bleiben werden.

Möglicherweise war es gerade diese unaufgeregte Aufmerksamkeit, wie der Löwe beim Essen trotz seines Appetits stets auf sie konzentriert blieb, wie sie Fragen aufwarf, um Antworten zu hören, die sich mit ihren decken sollten, vielleicht war es diese unverbindliche Verbindlichkeit, die mich am nachhaltigsten beschäftigte, selbst heute noch, in einem anderen Leben, das von blauen Schürzen und weißen Hemden nichts mehr wissen will. Ernst und ausgelassen erschienen sie mir, obwohl oder weil sie einen Mann und er seine Bekanntschaften hatte, die sie, wie ich mir heute vorstellen kann, ebenfalls hatte. Wie sie dasaßen, an dem erhöhten Ecktisch, an dem sie für mich immer noch und auf ewig sitzen, erinnerte mich an ein Versprechen von Gegenwart, das mir immer nur die zweite Welt einlöste.

Kurz nachdem sie an dem Abend gegangen waren, an dem mich ihr rotes Kleid so betört hatte, hupte es auf der Straße, und ich verließ das Lokal in der Hoffnung, es möge sich nicht abermals um den Wagen eines betrunkenen Gastes handeln, der eine Einfahrt blockiert. Es hatte leidlich abgekühlt, man konnte wieder ruhig atmen, ich musste nicht alle Augenblicke verschwinden, um mich abzutrocknen und Deodorant unter die Achselhöhlen zu schmieren, der Löwe stand lachend und haareraufend auf dem Gehsteig vor einem glänzenden schwarzen Mercedes, neben dem in zweiter Spur ein Wagen hielt. »Irina«, sagte er gespielt vorwurfsvoll, ließ die Zunge schnalzen und schüttelte den Kopf, »Irina, Irina.« Die Fahrertür war geöffnet, es hupte noch einmal länger und unwirscher, und erst als zwei betrunkene Männer Anfang vierzig die Straße entlangkamen, die Arme einander um die Schultern gelegt, Zigaretten in den Mundwinkeln, Unverständliches vor sich hin brabbelnd, wusste ich, wer gehupt hatte. Noch im Vorübergehen schielte der eine nach dem schwarzen Mercedes, ging weiter geradeaus, wenn man von gerade sprechen will, während er sich unentwegt umblickte, ehe er sich von seinem Freund losriss, als hätte er eine Lebensentscheidung getroffen, sich umdrehte und lallte: »Von so einer Chauffeuse habe ich immer geträumt.« Sein Freund blieb stehen, der Betrunkene wankte dem Mercedes entgegen, den ich von da an Irinas Luxusschlitten nannte, der Löwe lächelte, die Wildkatze stieg aus, Schuhe, Strümpfe, Beine voran, mir schlug, wie man sagt, das Herz höher, zumindest lauter, der Betrunkene blieb vor ihnen stehen und brachte nach einem tiefen Seufzer nicht mehr als »schön« heraus. »Allerdings«, sagte der Löwe, »Danke«, sagte die Wildkatze, »angenehmen Abend noch.«

»Viel Spaß«, sagte der Betrunkene, als wäre er auf einmal nüchtern, lüpfte einen imaginären Hut, schüttelte den Kopf, ging zu seinem Freund, hakte sich unter und verschwand. Aus einem Hauseingang trat ein Mann, der sich im selben Moment, in dem er Irina sah, entschuldigte, als wäre er der schlechteste Mensch auf der Welt, zu seinem Wagen eilte und davonfuhr. Der Löwe fasste sie an den Hüften, küsste sie kurz auf den Mund, bevor sie einstieg, die Lichter andrehte und mit vibrierenden Türen losbrauste. »Irina, Irina, Irina«, murmelte ich vor mich hin, als müsste ich etwas beschwören. Lange nachdem ich in das Lokal zurückgegangen war, sah ich noch immer ihr rotes Kleid vor mir und stellte mir immer noch vor, wie sie es, wie ich es ihr auszöge; ich ahnte nicht, dass ich sie nie wieder darin sehen würde.

Du liest in der Zeitung, sie bemüht sich, ihren Kopf nicht auf deine Schulter sinken zu lassen, ihre Augen sind geschlossen, der Mund steht leicht offen, der Atem strömt gleichmäßig und leise aus der Nase. Bisweilen blickst du von Seiten auf, die dir tausende Meter über der Erde näher und wichtiger erscheinen, rechts türmen sich Wolken zu einer sonderbaren Gletscherlandschaft, aus der Spitzen und Pestsäulen zu ragen scheinen, links schlummert Irina. Sie riecht gut, sie ist schrecklich schön, du denkst nicht daran zu schlafen. Du fühlst dich erhoben.

Noch am Flughafen dachtest du, sie würde nicht auftauchen, es sich anders überlegt haben, seelenruhig in ihrem Bett liegen, und während die Minuten bis zum Schließen des Check-In-Schalters immer schneller verflogen, hieltest du dich für einen Narren, der allein eine Nacht in einem freudig gebuchten Doppelzimmer am Meer verbringen würde und dessen einzige Freude vorm Einschlafen die stille Begegnung mit der Minibar wäre. »Dachtest du wirklich, ich flöge mit dir weg? Glaubtest du im Ernst, mich interessierte mehr als dein Schwanz, deine Sinnlichkeit, deine wohlverborgene Wohnung?« Aber da stieg Irina in aller Ruhe aus einem weißen Taxi, in engen blauen Jeans und knielangem braunen Mantel, der Chauffeur hielt ihr die Tür auf, hievte ihren großen schwarzen Koffer aus dem Kofferraum, sie wünschte dir einen guten Morgen und küsste dich auf den Mund.

Ihr Koffer war viel zu schwer, der eifrige junge Mann hinter dem Schalter ließ sich nicht einmal von Irinas Augenaufschlag zum Augenzudrücken bewegen, mit unbewegter Miene und mahlenden Backenknochen bezahltest du einen horrenden Aufschlag, schon musstet ihr euch sputen, lachend, keuchend, um in die Maschine zu gelangen. Bei der Sicherheitskontrolle beobachteten neun von zehn Männern Irina beim Abnehmen ihres Gürtels, es piepte, als sie klackend durch die Schleuse schritt, neun von zehn Männern hätten am liebsten mit der Beamtin getauscht, die Irina abtastete. Sie drehte sich nach dir um, du zwinkertest ihr zu, öffnetest deinen Gürtel und zogst ihn aus den Schlaufen.

Während du die Nachrichten liest, als müsstest du dir die Ereignisse des Tages für immer einprägen, als hätten sie ungebrochen mit dir zu tun, als berichteten sie auf Sonderseiten über euer Leben, spürst du ihren Atem auf deinem Hals, Irina seufzt leise, eine Stewardess schiebt einen Wagen mit Getränken den schmalen Gang entlang, sie schafft es, unermüdlich zu lächeln, vor dir schimmert die Glatze des Mannes in der Morgensonne, die alte Dame neben Irina schmökert in einer Illustrierten, du liest einen Bericht über etwas, das dich unter anderen Umständen nicht im Geringsten interessiert hätte. Als das Flugzeug aufsetzt, lässt du die Zeitung zu Boden fallen, drehst dich nach links und sagst: »Willkommen in der Freien und Hansestadt Hamburg.«

Wie zum Hohn kommt Irinas Koffer als letzter vom Förderband, sie verflucht den eifrigen jungen Mann hinter dem Schalter, der in seiner unerfreulichen, ihn mit einer klitzekleinen Macht ausstattenden Arbeit so weit weg scheint, dass ihr bald lacht über ihn, über seinen Versuch, Hochdeutsch zu sprechen, über seinen schlecht sitzenden Anzug, über seine randlose Brille, die etwas über ihn aussagen soll, über seinen vorauseilenden Gehorsam wem oder was gegenüber immer, du beginnst, ihn nachzuspielen, Irina sagt dir ihre Meinung, als wärst du er. Vor dem Flughafen wartet ein weißer Minibus, der in den Norden fährt, ja, es ist der richtige, »Fräulein«, sagt der Chauffeur und hebt den Kopf, »was ist das, da drinnen würden Sie schon mit den Händen gegen die Wand stehen«, und erst da hört ihr etwas in Irinas Koffer surren. Es ist die elektrische Zahnbürste, deren Motor sich von selbst angestellt haben muss, vielleicht als ein Arbeiter den Koffer auf das Förderband warf, Irina lacht, als sie ihren Kulturbeutel öffnet, ein Knopfdruck, und alles ist gut, der Chauffeur schüttelt den Kopf und verstaut euer Gepäck im Kofferraum. »Vibrator wäre peinlich gewesen«, flüstert Irina beim Einsteigen, du zwickst sie in die Seite.

Im Inneren des Busses sitzen eine junge Frau mit

Ohrstöpseln und ein älterer Herr mit Schnauzbart, sie auf der hintersten Bank, er neben dem Chauffeur, der das Radio anschaltet, nachdem er Bargeld von dir verlangt hat. Kreditkarten werden nicht akzeptiert, Nachfragen gerade noch geduldet, nach wenigen Minuten seid ihr auf der Autobahn, niemand spricht, ihr dämpft eure Stimmen. Es ist immer noch sehr früh, flaches Land, viel Grün, Vogelschwärme in der Luft, an der Grenze zwischen Spätsommer und Frühherbst, zwischen Bleiben und Südwärtsziehen, ein Tierhotel mitten im Nirgendwo, in dem Menschen, die in den Urlaub fliegen, ihre Haustiere in Kost und Logis geben können, was kann man dazu noch sagen, ihr schüttelt die Köpfe. Unbekanntes Land, Pferde, ein helles Licht, die Sonne hoch am Himmel, zwei Fahrspuren, bisweilen sagt Irina »Schau«, wenn ihr etwas auffällt, dann folgst du ihrem Finger oder bloß ihrem Blick, bevor du sie auf etwas hinweist, das dir gerade auffällt. Irina schließt die Augen, ihre Schulter berührt deine, du atmest tief ein, die Reifen rattern über den unebenen Asphalt, der Minibus bleibt auf der zweiten Spur, der Fahrer scheint es eilig zu haben, bisweilen versucht ihn der ältere Herr mit Schnauzbart in ein Gespräch zu verwickeln, der Chauffeur antwortet einsilbig.

Niemand weiß, wo du bist, dein Mobiltelefon ist lautlos gestellt, du siehst dich von außen, eine Stecknadel im Atlas betretener Pfade, du wolltest nie wie die anderen leben, jetzt willst du es manchmal, kannst aber nicht mehr. Als ihr an dem gelben Ortsschild mit der Aufschrift Kiel *vorbeifahrt, wird im Radio verlesen, die lange verschütteten Kumpel würden endlich befreit, einer nach dem anderen mit einem speziell angefertigten Aufzug aus dem eingestürzten Stollen geborgen, mit einem gewissen Hohn verlautet der deutsche Sprecher, ein italienischer Radiosender habe seine Nachrichten mit der Bemerkung eröffnet, an diesem Tag habe die Erde einen Menschen geboren. Du streichst Irina eine Strähne aus dem Gesicht und sagst »Wach auf, Verrückte, wir sind da.« »Einen Menschen geboren«, sagt sie, holt Luft, ihre Stimme bricht, »die Erde, finde ich schön.«*

Das Hotel, ein riesiger weißer Bunker mit blauem Schriftzug, liegt auf einer Anhöhe inmitten von Nadelbäumen, viele Stockwerke hoch, Balkone, die an Bienenwaben erinnern, auf dem Parkplatz davor sind kaum Autos abgestellt, du weißt nicht, warum, aber das ist genau, was du wolltest, ein Gefühl von Irgendwo, von Nirgendwo. Einen Koffer ziehst du in der Rechten, den anderen in der Linken hinter dir her, Irina hat eine schwarze Sonnenbrille aufgesetzt, streckt und reckt sich im Gehen, dir ist, als sei ihr Schritt leichter geworden, es riecht nach Meer und Algen. »Ich war noch nie an der Ostsee«, sagst du, »ich auch nicht«, sagt sie, du solltest müde sein, bist es aber nicht. Links und rechts des Eingangs sind riesige Säle untergebracht, der eine für Geschäftstreffen, der andere fürs abendliche Vergnügen, »Zigarrenclub« ist auf der Glastür zu lesen, als ob es dergleichen noch gäbe, alles scheint überdimensioniert, zumindest für die Vorsaison. Hinter der Rezeption wartet eine junge Blonde, ihr Name steht mit dem Zusatz Praktikantin auf einem Schildchen über der Brust, du füllst den Meldezettel aus, während dir einfällt, dass du Irina beim Buchen anrufen musstest – du hattest weder gewusst, wann sie geboren sei, noch wie ihr Nachname laute. Du würdest sie einladen, was gleichzeitig hieße, sie könne nicht mit ihrem üblichen Standard rechnen, »Ach was«, hatte sie geantwortet und geseufzt, nichts weiter. Im Aufzug lächelt ihr einander etwas verlegen an, Irina drängt sich an dich, was heißt schon: jemanden kennen?, gelegentlich willst du dich selbst nicht kennen, oder den, den die anderen zu kennen meinen, bisweilen *wünschst du dir ein normales Leben, was immer das sein mag, was ist das für ein seltsames Leben, sich ständig in einen anderen zu setzen, ständig einen anderen in sich zu setzen. Als die Türen aufgehen, wird die Sicht auf lange, niedrige Gänge frei, dunkelbraunes Holz, Kassetten über euren Köpfen, dunkelblaue Spannteppiche mit Karomustern. »Das erinnert mich an meine Kindheit«, sagt Irina und lächelt gequält, »Ist das schlimm?«, fragst du, »Nein«, sagt sie, »oder doch«, du blickst sie mit hochgezogenen Augenbrauen an, »weil es nicht schlimm ist.«*

Das Zimmer ist weder klein noch groß, viel dunkles Holz, auch hier Spannteppiche, eine breite Glasfront geht auf den Balkon und gibt den Blick aufs Meer frei, Waldumrisse auf der anderen Seite der Bucht, der Himmel ist blau und beinahe wolkenlos, die Sonne gleißend, am Horizont sind Schiffe zu sehen, die Bäume im Park unter euch werden, warum, weißt du nicht, von den linken Seiten aus gelborangerot, rechts sind sie immer noch grün. »Was hast du?«, fragt Irina, ihr steht an der Brüstung, eng nebeneinander, unter euch das glatte Wasser, »du bist auf einmal so still.« »Nichts«, sagst du, »ich freue mich, ich war seit Ewigkeiten nicht am Meer.«

Du fasst sie an den Hüften, drückst sie gegen die Glasfront, deinen Oberschenkel zwischen ihre Beine, dann schiebst du sie rückwärts ins Zimmer, Irina befreit sich, holt ein Kuvert aus ihrer Handtasche, schwenkt es lächelnd in der Rechten und legt es grinsend auf den Schreibtisch. Du greifst in deine Tasche, entnimmst ihr ein gefaltetes Stück Papier und hältst es Irina hin, bevor du ihr Kuvert öffnest, das Papier auseinanderfaltest, es kurz überfliegst und sie dabei nicht aus den Augen lässt.

»Ich habe jedes Mal Angst«, sagst du.

»Dann musst du vorsichtiger sein.«

»Ich glaube immer, ich habe ein gutes Gespür.«

»Schwachsinn!« Irina schüttelt den Kopf. »Gerade die Braven sind am gefährlichsten.«

Irina legt deinen Test auf den dunkelbraunen Schreibtisch, auf dem eine schwere Lampe steht, die alt und wertvoll wirken soll, wie klamm du ins Labor geschlichen warst, um zu erfahren, ob du eine Zukunft hättest, du lässt ihren auf das Sofa vor der Glasfront fallen, dann gehst du auf sie zu, hebst sie auf den Tisch, sie schlingt ihre Beine um deine Hüften. »Schön bist du«, sagst du, »unheimlich schön«, und während du sie küsst, fährst du ihre Seiten ab, den Brustkorb, die schmale Taille, fasst sie am Hin-

tern, legst deine Hände auf ihren Busen, knabberst an einem Ohrläppchen. Mit einem Ruck zieht Irina deinen Pullover samt T-Shirt vom Oberkörper und beißt nicht zu fest, aber spürbar in deine Brustwarzen, gleitet vom Tisch, öffnet deinen Gürtel, knöpft die Hose auf und schickt sie mit der Unterhose zu Boden. Sie schiebt dich mit der flachen Hand von sich, du ziehst das schwarze Top über ihren Kopf, jedes Mal fragst du dich für einen klitzekleinen Augenblick, wie diese Brüste einmal ausgesehen haben mögen, fasst nach den Haken ihres Busenhalters, Irina entwindet sich, geht auf die Knie, packt deinen Schwanz. »Das geht aber schnell«, sagt sie, »Die Meeresluft«, sagst du, sie schüttelt den Kopf und lässt die Zunge schnalzen, »Alles gesund«, sagst du, »ich bin sauber«, und als sie die Vorhaut zurückzieht und auf deine Eichel spuckt, streckt sie die Zunge aus und schleckt darüber, ohne dich aus den Augen zu lassen. »Oh Gott, jetzt habe ich dich berührt«, sagt sie und zwinkert dir zu, »so weit sind wir also schon«, dann müsstest du dich revanchieren, meinst du, etwas lässt deine Stimme zittern, du ziehst Irina hoch und fällst mit ihr aufs Bett.

Du knöpfst ihre Jeans auf, hörst einen Staubsauger über den Gang geschoben werden, ziehst sie über die Oberschenkel, hebst Irinas Beine an, zerrst am Stoff, »widerspenstig«, sagst du, »ganz schön widerspenstig«. Du spreizt ihre Beine, Irinas Unterhöschen schimmert schwarz, das Licht fällt schräg ins Zimmer, Staubpartikel flirren in der Luft, mit der Zunge fährst du die Innenseite eines Oberschenkels entlang, streichst mit deiner Nasenspitze über ihren Schamhügel, schiebst deine Zunge in den stoffüberzogenen Spalt, fährst die Innenseite des anderen Oberschenkels entlang, bevor du mit einem Ruck ihr Unterhöschen abstreifst.

»Schau nicht so genau.«

»Seit wann bist du schamhaft?«

»Ich bin schüchtern.« Du blickst sie an, ziehst die Brauen hoch. »Aber ich mag das, wenn du dich anfasst.«

»Ich mag deine dunklen Lippen.«

»Und das?« Sie streicht über den schmalen, getrimmten Haarstreifen und lacht. »Wie gefällt dir meine neue Frisur? Glattrasiert sind alle.«

»Alle nicht.«

»Wir sprechen nicht von Fetischen.«

Unterdessen war Hochsommer, Temperaturen um die vierzig Grad, ich fuhr in Bussen zur Arbeit, deren Klimaanlagen aus unerfindlichen Gründen viel zu häufig ausfielen, in U-Bahnen, in denen sich zu Mord und Totschlag bereite Menschen aneinanderdrängten, wandelnde Pulverfässer, die ihre Lunten auslegten, es stank, man schwitzte, es war unerträglich, die Gratiszeitungen berichteten von Skandalen, Morden, Gerichtsverfahren, mir dämmerte, was Eifersucht und Besitzdenken aus Menschen machen konnte. Sie kamen nun öfter, bisweilen zweimal die Woche, dann wiederum eine Woche gar nicht, aber ein ums andere Mal wurden sie mir in einer seltsamen Weise vertrauter. Sie hatten das Leben auf ihrer Seite, wenn sie mit glänzenden, weit geöffneten Augen eintraten, ich war einen anderen Weg gegangen oder gegangen worden, so sicher war das nicht. An seiner zunehmenden Bräune las ich den Wechsel der Jahreszeiten ab, wahrscheinlich lag er am Fluss, während ich Gäste bediente oder mich ausschlief, und ihre Kleidung überzeugte mich von den Sonnenseiten brütender Hitze, die mich ansonsten nichts als plagte.

Sie passten so offensichtlich nicht zueinander, und dann wieder doch, dass in mir etwas aufgebrochen sein muss, das mir erst allmählich bewusst wurde. Es war nicht der Ärger, mit dem ich einen älteren Mann mit einer jungen Schönheit sehe, nicht der kleine Stich in der Brust, der mich zuweilen darauf aufmerksam macht, etwas zu entbehren, das andere interessant macht, auch nicht die vergangene Zeit, die zwei verändert hat, die aus Furcht vor dem Ungewissen trotz allem zusammenbleiben. Da war ein Graben zwischen ihnen, eine Kluft zwischen zwei Welten, die nur körperlich aufgehoben werden konnte. Die elegante Lady, die in ihrer Schönheit und dem ausgestellten Glanz etwas Unnahbares hatte, und der Bohemien, wenn es so etwas noch gibt, den ich gelegentlich auf den Kulturseiten entdeckte, auf der Bühne oder mit einem Weinglas nach einer Premiere, der immer wieder mit anderen Frauen erschien, mit auffälligen und weniger auffälligen, stets gut aussehend, wenn auch bisweilen auf ganz eigene Art, aber niemals Irina vergleichbar. Mit manchen schien er vertrauter, bei anderen bemühter, mit wieder anderen nachlässig bis an den Rand des Desinteresses, weil ohnehin feststand, was folgen oder eben nicht folgen würde, aber mit keiner schien er sich so entspannt zu fühlen wie mit Irina. In ihrer Gegenwart bekam er etwas Unmittelbares, beinahe Unbesiegbares, eine Ahnung von Glanz und Aufregung, lebte im Moment, glorreiche Tage, die ihm einmal unwirklich, das andere Mal als einzig angemessene vorkommen mussten. Er sah sich mit und neben ihr, er genoss die Blicke der anderen, genoss sich durch sie, und er spürte meinen Blick, besonders wenn er mit anderen Frauen oder Männern in meinem unseligen Lokal saß und Bestellungen aufgab, wobei er, wann immer es möglich war, den Ecktisch mied. Wenn er mit Männern beisammensaß, an manchen Abenden, an denen ich zwei, drei Flaschen Rotwein und Käseplatten auf den Tisch stellte, stritten sie über Politik, mokierten sich über Schauspielerinnen und Regisseure oder zerpflückten Fußballspiele – ein anderer Mensch, ernster, angriffslustiger, anmaßender, kurz gesagt: unsympathischer. Auch mir gegenüber verhielt er sich anders, wenn er nicht mit Irina kam, vertrauensvoller und gleichzeitig distanzierter, auf einmal schien er mich als seinen Komplizen zu betrachten, wenn ich das Rechnungsbuch brachte, er seine Kreditkarte hineinlegte, einer anderen Frau die Tür aufhielt und mich beim Verlassen des Lokals grüßte.

Der Betrunkene, der von der Wildkatze in ihrem Luxusschlitten so magisch angezogen worden war, dass er gar nicht anders konnte als sich zum Narren zu machen, zum armen Bittsteller, dem nicht mehr als vier schroffe Worte aus ihrem Mund und einige wenige Augenblicke gewährt wurden, belustigte und beschäftigte mich für den Rest des Abends, den ihr rotes Kleid, das mich noch heute in meinen Träumen heimsucht, in ein schöneres Licht rückte. Nie war sie mir unerreichbarer, nie anziehender, nie wie etwas vorgekommen, das es eigentlich nur in Filmen gibt, zumal ich sie mir in einem Streifen über ein entrücktes Paar ebenso wie in einem stilvolleren Porno vorstellen konnte. Und doch musste da etwas sein, das sie gerade mit ihm sein ließ, was nicht schwer auszumalen war, obschon das Ausmalen anderer nie meine Sache war. Ihm war gelungen, sie abhängig zu machen, zumindest in der zweiten Welt, welche die erste relativiert, abhängig von einem bestimmten Genuss, zu dem sie allein mit ihm kam. Ob er ihr aufregende Geschichten erzählte, zurückgelehnt von seinem Leben sprach, in Könige oder Tagediebe schlüpfte, Verse deklamierte oder mit ihr scherzte – all das kam später und war ohne das Vorher nicht vorstellbar; nicht bei dieser Frau, nicht in dieser Zeit, nicht in der zweiten Welt, wo Kontostand und Wagen, Wohnung und Kleider auf einmal nicht mehr von Bedeutung sind. Genau an diesem Punkt ertappte ich mich abermals bei Gedanken an Kristina; ich hütete mich, ihr zu schreiben.

Es war Julia, die daran glauben musste, obwohl ich nicht genau weiß, woran, und heute, während ich auf den See am Rande der mir immer noch fremden anderen Stadt blicke, Ausflugsschiffe an mir vorbeiziehen, die Rufe ihrer Hörner sich mit Möwengekreisch und Vogelgezwitscher vermischen, Segelboote am Horizont kreisen und Masten aneinanderstoßen, ist mir vieles einsichtiger, was mir damals, als der Löwe und die Wildkatze in ihrer unverwechselbaren Leichtigkeit von mir bedient wurden, rätselhaft war.

Ich war einmal neben Julia aufgewacht, an einem grauen Morgen, nachdem wir abends zuvor in irgendeinem Lokal zu viel getrunken und, weil es sonst nichts zu tun oder sagen gegeben hätte, zu schmusen begonnen hatten. Mein Kopf hatte geschmerzt, etwas unter meinen Schläfen gepocht, mir war alles unangenehm gewesen, ihr wahrscheinlich auch, ich hatte etwas von einem Arztbesuch gemurmelt, mich angezogen, den Gürtel wieder in die Laschen des Hosenbunds gefädelt, während sie sich im Bett auf die andere Seite gedreht hatte, ihr einen schönen Tag gewünscht und die Eingangstür verlogen sanft hinter mir zugezogen. Am Ende des Abends aber, den ich für immer mit dem roten Kleid und dem Betrunkenen vor Irinas Wagen verbinden werde, als Julia, die in einem Lokal um die Ecke beschäftigt war, mit anderen bei mir saß, ich die Lieder meiner Jugend aufgelegt hatte und die Eingangstür längst versperrt war, setzte ich von Anfang an alles daran, wieder mit ihr mitzugehen. Und dachte an Irina, als ich Julia auszog, und stellte mir Irina vor, als Julia unter mir lag, und als ich sie von hinten nahm, schloss ich die Augen und versuchte mir einzubilden, Irina Lust zu bereiten, die mich trotz all der Unterschiede auf Kristina brachte, was für mich, wie ich heute weiß, nichts anderes als Gefahr bedeutete. Als ich zu keinem Ende kommen wollte, die Augen geschlossen, die Phantasie entzündet, und Julia mich fragte, was auf einmal mit mir los sei, konnte ich nur sagen, ich hätte damals eine schlechte Zeit gehabt.

Als Irina dann auf dir sitzt, deine Zunge zwischen ihren Beinen kreist, du sie kurz hochhebst, im Spiegel ihren Rücken, die muskulösen Schultern, den kleinen Hintern siehst, der dich verrückt macht, wann immer du ihn vor dir hast, denkst du unwillkürlich an euer erstes Treffen in einem Wiener Stundenhotel, als zwei Menschen, die nichts voneinander kannten als ihre Geschlechtsorgane, es in einem weiß überzogenen Bett zur schauerlichen Musik eines vertrottelten Fernsehsenders trieben. Du siehst den Dicken hinter der Rezeption, der kaum in sein Hemd passt und dich verdattert ansieht, als du nach Zimmer 33 fragst, die knarrende Treppe, die du mit einem schweren Schlüsselbund hochsteigst, vorbei an Etagenbädern und Gangtoiletten, die Hosentasche voller Kondome, der Kopf voller Zweifel, ob die Frau, neben der du fünfzehn Minuten im Wagen saßt, sich einen Scherz mit dir erlaubt habe, die Welt ist voll der sonderbarsten Perversionen, du weißt ein Lied davon zu singen, Dur oder Moll, je nachdem. Du siehst dich aus dem Fenster auf die Geleise der Schnellbahn blicken, die Böschung dahinter, das enge Zimmer, ein frisch überzogenes Bett, weiße Laken, die später rot gesprenkelt sein werden, ein Fernsehgerät hoch auf einem Brett an der Wand, drei Haken, ein Stuhl, ein kurzer Gang, Toilette, Dusche. Vielleicht hasst sie Männer, vielleicht besteht ihr höchster Genuss gerade in der Vorstellung, dass einer, der sich unwiderstehlich vorkomme, eine Stunde später dem Mann an der Rezeption den Schlüssel zu einem Zimmer zurückge-

ben müsse, das er offensichtlich nicht benutzt habe. Nicht benutzt hat? Offensichtlich? Wessen kann dich der Dicke an der Rezeption verdächtigen, sollte niemand nachkommen? Du hörst dein Mobiltelefon piepen, Irina oder wie immer die Frau heißt, die sich Irina nennt, hat eine Kurznachricht geschrieben, »Bin da. 5 min.«, du nickst und ziehst dich bis auf die Unterhose aus. Während Irina seufzt, du sollest nicht aufhören, siehst du, wie du dich aufs Bett legst, die Arme hinterm Kopf verschränkt, die Augen geschlossen, wie du den Verkehr auf der Straße hörst, das Klacken von Absätzen auf dem Asphalt, Schritte im Stiegenhaus, du spürst wieder, wie gern du dich entspannt hättest und wie angespannt du bliebst, wie du dir ein ums andere Mal einbläuen wolltest, das alles sei doch keine Gedanken wert, bis es an der Tür klopft. Du öffnest, Irina steht davor, eine Handtasche über die Schulter gehängt, eine papierene Tragetasche in der Hand, ein entschlossener Ausdruck im Gesicht, du hast beinahe vergessen, wie außerordentlich gut sie dir gefiel, und noch ehe du etwas sagen kannst, sagt sie, sie habe nackt *gesagt. Es gehe nicht alles nach ihren Wünschen, sagst du, sie fragt, ob du sicher seist, du hältst dich für einen Glückspilz.*

Die Frau, die in ihrem schwarzen Mercedes, als

sie dich ein Stückchen bis zu einem Lokal mitnahm, in dem du feststellen musstest, keine der anwesenden Frauen lieber zu haben, dir keinen zu blasen betonte, nicht ohne Gummi zu ficken, der du dreimal schreiben musstest, ehe sie einmal unbestimmt oder sehr bestimmt antwortete, »Donnerstag 21 Uhr«, »Freitag geht nicht, Sonntag 22 Uhr«, »Kann nicht«, »Hab viel zu tun«, »Stress«, ohne offenbar auch nur im Entferntesten daran zu denken, dass du an drei von sieben Abenden auf der Bühne stehst – jetzt leckst du sie in einem Hotelzimmer am Meer, ihre Knie neben deinen Ohren, deine Finger abwechselnd auf ihren Arschbacken und zwischen ihren Schamlippen, und wenn du an ihr vorbei in den Spiegel blickst, siehst du Irina ihr langes schwarzes Haar mit einer Hand im Nacken zusammenhalten und an deinem Schwanz saugen, viel vorsichtiger und ungeübter, als du es dir ein ums andere Mal vorgestellt hast.

Du gehst ins Badezimmer, im Spiegel das unvergleichliche Lächeln, du traust dir alles zu, aber alles ist jetzt nicht so wichtig, du wäschst dich, trocknest dich ab, und als du zurückkommst, liegt Irina auf derselben Stelle wie zuvor. Mit Klopapier wischst du dein Sperma von ihrem Körper, in euren Blicken blitzt etwas auf, das ihr euch nie eingestehen würdet, bevor du dich neben sie legst und den Arm unter ihren Nacken schiebst. Du schmunzelst über die verklebten Papierfetzen auf dem Spannteppich, die aufgewühlten Laken, Irina seufzt und rollt ihren Kopf auf deine Brust.

»Darf ich?« Sie küsst dich auf den Hals. »Hat nichts zu bedeuten.«

»Sei nicht kindisch.«

»Als wir uns zum ersten Mal sahen – wollte ich da deinen Schwanz sehen?«

»Ich werde nicht mit dir schlafen, ich habe die Regel, ich will deinen Schwanz sehen – ich zitiere dich.«

»Um Himmels willen!«

»Dafür hast du mir deinen Busen gezeigt.«

Irina schüttelt den Kopf.

»Mir auf die Eichel gespuckt.«

»Was dachtest du?«

»Abgebrüht oder unsicher.«

»Du hast mich gleich so gepackt.«

»Du hast gesagt: Übermorgen, zwanzig Uhr, Zimmer 33. Du wartest nackt auf mich.«

»Was dachtest du?«

»Wohlan, mein Verhängnis!«

»Das war sehr nah – vorher.« Irina schließt die Augen. »Ich sehe beim Sex niemandem in die Augen.«

Bisweilen hörte ich beide in Irinas Luxusschlitten die Gasse entlangfahren, ich kannte längst das Geräusch ihres Motors, sah ihn auf dem Beifahrersitz, vier Augen auf der Suche nach einem Parkplatz, gut gelaunt und einander wegen eines Vorwissens neckend, das alles, was sonst stören könnte, ins Abseits verweist. Einmal stand ich, gar nicht so zufällig, vor dem Lokal, wenige Meter vor seinem Haus war eine Lücke, sie legte den Rückwärtsgang ein und stieß umstandslos hinein. Dass Frauen einparken könnten, sagte er, welche Frauen er kenne, erwiderte sie – ungefähr so stellte ich mir ihre Gespräche vor, bevor sie keuchend und schwitzend nebeneinander zu liegen kamen und auf einmal anders miteinander sprachen. Lachend stiegen sie aus, sie öffnete den Kofferraum, drückte ihm eine papierene Tragetasche in die Hand, die Schlösser klickten, er berührte sie kurz an der Taille, bevor sie wie zwei Verschwörer, die einander lange nicht gesehen hatten, im Hauseingang verschwanden. Ich kehrte in mein Lokal zurück und versuchte mir den Inhalt der papierenen Tragetasche vorzustellen, der mich unweigerlich an Kristina denken ließ.

Ein paar Stunden später boten sie das mittlerweile vertraute Bild, erschöpft und befreit, besänftigt und offen, Ausnahmeerscheinungen nach dem Ausnahmezustand. Er trank Wein, sie Bitter Lemon, und wann immer ich sie aus den Augenwinkeln beobachtete, wurde mir klarer, was es war, das sie aneinander band. Zwar beteuerten sie einander immer noch, es gehe nur um Sex, um die Stunden im Bett, unter der Dusche, in der Küche, auf dem Fensterbrett, dem Parkettboden, dem Tisch, wo auch immer. In dem Augenblick, in dem das Bett entzweigebrochen war, hatte er sie, ob er es wusste oder nicht, für sich gewonnen. Das war mehr als eine bizarre Anekdote, mehr als Lachen und Kopfschütteln und Etwas-ein-Leben-lang-nicht-Vergessen – er hatte sie für sich *eingenommen*. Vielleicht war er charmant, möglich, dass er anders mit ihr sprach als andere Männer, vielleicht spielte er gelegentlich den sie anhimmelnden Kellner, der sie in die Küche lockt und nicht ohne weiteres gehen lassen will, natürlich war er anders als jene, die sie kannte: die mit den großen Scheinen oder gespannten Geldspangen, den scheinbar unbeschränkt belastbaren Kreditkarten, den großen Autos, den geraden weißen Zähnen, den großzügigen Dachbodenausbauten, den Zweitwohnsitzen auf dem Land, am See, am Meer, wo auch immer, all die Entscheidungsträger und Weltraddreher, die einen wie mich gern als Unsichtbaren behandelten. Sie hatten ein eigenes Reich erschaffen, ein Reich der Lust und Verführung, einen Spielplatz gegen den Alltag, gegen die Wirklichkeit, gegen ihre Geschichten, in dem alles andere außer Kraft gesetzt war. In diesem Reich war sie ihm ausgeliefert, in jenem Moment, in dem sie unter ihm lag oder vor ihm kniete, hilflos wieder, mit dem Gesicht eines jungen Mädchens, in banger, in freudiger Erwartung, die Augen weit aufgerissen oder fest geschlossen, die Hände an seinem Becken, um ihn abzufedern, das Gegenteil der Frau, die in der ersten Welt jedem Mann zeigte, mindestens so hart wie er zu sein. Nachher lachte er und küsste sie auf die Nasenspitze, sie lag neben ihm und sagte, was ihr gerade in den Sinn kam, noch immer verwandelt, noch immer verklärt, aber es war längst nicht mehr sicher, wer wen besaß, wer wen unterwarf, wer das Objekt des anderen war. Es war längst nicht mehr sicher, ob sie genauso gut auch ohne einander sein könnten.

Offensichtlich hatten sie den Punkt des Abschieds versäumt, jene Phase, in der es möglich gewesen wäre, sich ohne weitere Erklärungen umzudrehen und aus dem Leben des anderen zu verschwinden, dem man durchaus und ernsthaft alles Gute für alles Kommende wünschte. Sie übernachtete nicht bei ihm, vielleicht fragte er nie danach, aber immer öfter ließ sie die papierene Tragetasche im Kofferraum. »Wie ein altes Ehepaar«, sagte sie lachend, »richtig bürgerlich«, und als er aus dem Badezimmer kam, lag sie eines Tages im Bett, anstatt in Dessous auf der Couch zu sitzen, das Leintuch bis unters Kinn gezogen, um den Kopf ein schwarzer Haarkranz, und er musste lachen, als er die Decke beiseite schob und sie auf einem Handtuch liegen sah. »Heute musst du zärtlich zu mir sein, Löwe.«

Seltsamerweise erinnere ich mich nicht mehr, was sie am Tag des Abschieds anhatte, ein Kleid vielleicht, vielleicht Jeans mit einem Top, vielleicht eine jener dünnen Westen darüber, die sie so mochte. Ich sehe nur ihre glitzernden Lippen vor mir, das schwarze Haar in die Stirn und über die Schultern fallen, ein nachsichtiges Lächeln im Gesicht, und natürlich ihren Busen, den man nicht übersehen konnte. Er bestellte Bier, keine Filetspitzen, sie Cola Light, sie sprachen mehr und aufgeregter als üblich. Es war drückend heiß, ich trank Unmengen von Wasser, die Ventilatoren bewegten sich, so schnell sie konnten, die Menschen waren leicht bekleidet und tranken leichtere Getränke, zumindest die vernünftigeren unter meinen Gästen. Sie trug eine rote Kette um den Hals, die Steine reflektierten das Licht, das in ihrem Gesicht zu tänzeln schien, ich musste an den Jungen denken, der ich einmal war und der im Klassenzimmer die Mädchen, die ihm gefielen, mit einem Lineal zu blenden versuchte. Er steckte in einem schwarzen Hemd und einer dunklen Hose, sein Gesicht glitzerte, er hatte Schweißperlen auf der Stirn, sein Nacken schimmerte, ein braver, ein hungriger, ein mit sich zufriedener Löwe, König der Tiere.

Was er dort tue, fragte sie ihn mit einer Stimme, die nicht verriet, ob es sie störe oder erleichtere oder ihr gleichgültig sei, er habe ein Gastspiel, antwortete er, freue sich auf einen Ortswechsel; sie habe so oft die Orte gewechselt, meinte sie, dass sie gar nicht mehr aus der Stadt wolle. Er schob ihr eine gebrannte CD über den Tisch, sie las, was darauf stand, ein Wetterleuchten huschte über ihr Gesicht. »Das machst du, damit ich dich nicht vergesse«, sagte sie, »Natürlich«, antwortete er, »du Schwein«, sagte sie und hob kurz die Hand, als wollte sie ihn schlagen, bevor beide lachten.

Sie verabschiedeten sich auf die immer gleiche Weise, nachdem er ihr die Tür aufgehalten, sie dabei wie zufällig und äußerst sanft an der Schulter berührt hatte, als wollte er sie irgendwohin schieben, vielleicht in eine Zukunft, über die sie selbst zwischen den Zeilen nur im Scherz sprachen. Ihr schwarzer Schlitten stand meist auf einem Parkplatz, der keiner war, was sie nicht weiter zu bekümmern schien; indem sie ihn nach abruptem Bremsen und Einlegen des Rückwärtsganges traumwandlerisch zum Parkplatz machte, setzte sie ihr eigenes Recht, so wie jegliche Geschwindigkeitsbegrenzung für sie keineswegs zu gelten schien. Innen war alles aus Leder, auf der Rückbank lagen neben Laptoptaschen, dicken Aktenordnern und Einkaufstüten plastikumhüllte Kleider, frisch aus der Reinigung. Sie drückte einen Knopf, klickend sprangen die Schlösser auf, er küsste sie flüchtig auf den Mund, sie stieg ein, drehte den Schlüssel in der Zündung, die Musik setzte so laut ein, dass die Türen vom Bass zu vibrieren schienen, bevor sie ausparkte und davonrauschte, während er in seinem Hauseingang verschwand. In meinen Tagträumen saß ich auf dem Beifahrersitz, meine Hand auf ihrem Oberschenkel, wir fuhren aus der Stadt, ich fasste zwischen ihre Beine, wir parkten in einem kleinen Dorf, stiegen einen Berg hinauf, kauften Apfelsaft und Brote und legten uns auf Sonnenliegen. »Nicht hier«, sagte sie dann und kicherte, wenn ich meine Liege neben ihre rückte und mehr auf ihrer als auf meiner lag, »man könnte mich erkennen.«

Am Abend des Abschieds war es weit nach Mitternacht, ich überließ die wenigen verbliebenen Gäste meinem Kollegen und stellte mich mit einer Zigarette vors Lokal. Die beiden standen vor ihrem Wagen, sie holte eine kleine Papiertüte von der Hinterbank und zog ein Croissant heraus. Sie raunte ihm etwas zu, er lachte, sie brach das Croissant entzwei und reichte ihm eine Hälfte. Wortlos standen sie einander gegenüber, sie an ihrem Schlitten lehnend, er knapp vor ihr, essend und kauend, bis das Gebäck verschwunden war, er die Papiertüte aus ihrer Hand nahm, die Straße überquerte und in einen Mülleimer warf. Ich kann es schwer erklären, aber noch heute ist es diese eine Szene, an der ich beide zu erkennen und zu sehen glaube, was sie ausmachte. Alles, was unausgesprochen und ungesagt blieb, all die Abgebrühtheit und Distanzierung der ersten Welt, hob sich in dieser stummen Geste, im Entzweibrechen des Croissants und im bedächtigen Kauen, in eine heimliche Kommunion auf. Langsam ging er auf Irina zu, schlang seine Arme um ihren Nacken, küsste sie auf die Lippen, sie strich ihm kurz über den Rücken; er küsste sie auf den Hals, flüsterte ihr etwas ins Ohr, sie lachte, schob ihn sanft von sich und stieg ein. Beim Starten ließ sie das Fenster hinunter, winkte ihm zu und fuhr davon. Er schüttelte den Kopf, drehte sich um und kam in meine Richtung.

Ich stand vor der Kaffeemaschine, als er das Lokal betrat, sich an die Bar setzte, die Zigarettenschachtel auf den Tisch legte und ein Glas des besten Rotweins bestellte, den ich hätte. Er bekam den, der mir am besten schmeckte, dazu stellte ich ihm eine Karaffe Wasser und eine kleine Schale Oliven auf den Tresen. Er sah nicht unglücklich aus, nicht schwermütig, nicht einmal besonders melancholisch. Er lächelte und sah sich mit einem Blick um, den ich nur gestillt nennen kann, während er langsam Wein trank, bedächtig Oliven aß und hin und wieder rauchte.

Allzu gern hätte ich gewusst, was in seinem Kopf

vorging, wie er über ihre Beziehung – wie sollte man es anders nennen? – dachte, die Halbheimlichkeiten, die Heimlichkeiten, die gezielten Verheimlichungen und ebenso gezielten Enthüllungen des Alltags vor dem anderen. Sie setzten einander keine marternden Bilder in den Kopf, vielleicht auch, weil solche Bilder ihre Köpfe nicht gemartert hätten, jedenfalls lag ihnen weder daran, den anderen eifersüchtig zu machen (worauf?), noch daran, ihm etwas zu beweisen (warum?). Sie waren kein Liebespaar, das war keine Affäre, sie saßen nicht knutschend und schmachtend im Eck des Lokals, das ich heute verfluche, sie auf dem erhöhten Stuhl, er mit dem Rücken an der Wand, sie genossen nichts (von wem?) Verbotenes. Sie sprachen bisweilen von anderen, wenn mein Ohr wieder größer wurde, sie von Männern, er von Frauen, aber sie wollten nie wissen, wie das sei. Die Selbstverständlichkeit, die Beiläufigkeit, der gegenseitige Respekt angesichts ihrer Verstrickung in die zweite Welt hatten etwas, ich kann es nicht anders ausdrücken, Bezauberndes.

Wenn ich heute sage, ich freute mich, sie zu sehen, beide, sage ich gleichzeitig, dass es mich schmerzte, sie zu sehen, beide, und nicht, weil ich mit meinem heutigen Wissen schreibe, nicht, weil ich mir in der anderen fremden Stadt gewisse Szenen zurückrufe, und auch nicht, weil ich ihn um sie, weil ich beide um einander beneidet hätte. Sie erschienen mir als eine Möglichkeit, als Tatsächlichkeit einer Möglichkeit, an die ich nicht mehr glauben konnte oder wollte, die ich ins Reich der Träume und Phantasien verbannt hatte – und damit auch in jenes der Albträume.

Es war die zweite Welt, die sie zusammenhielt, die verschwitzten Körper, das Stöhnen und Ächzen, die nassen Laken, das Reizen und Flüstern, das Sich-Gehen-Lassen und Verausgaben, aber sie hatten einander auch, so verschieden sie waren, in der ersten Welt etwas zu sagen. Sie lachten viel, sie gingen höflich und umsichtig miteinander um, sie besprachen all die großen Fragen und Worte, als hätten sie nichts mit ihnen zu tun, als stünden sie über den Dingen, in denen sie doch waren. Die Kurznachrichten, die sie einander schickten, begannen nicht mit »Lieber« oder »Liebe«, sie waren mit keinem »Bussi« oder irgendwelchen »lieben« oder »herzlichen« oder »ganz lieben Grüßen« unterschrieben. »Wann hast du Zeit?« stand da, oder »Kann doch nicht«, »Diese Woche ist schlecht«, »Wann kommst du in die Höhle des Löwen?«, »Mir ist etwas dazwischengekommen«, »Schon scharf auf mich?«, »Ich warte unten«. Kein Name, nur ein »Kuss« bisweilen oder der Satz, er wisse schon nicht mehr, wie sie aussehe, oder der, sie freue sich ebenfalls auf ihn, ein bisschen.

Nun saß er da, ich hatte ihm ein zweites Glas eingeschenkt, und würde morgen?, übermorgen?, in ein paar Tagen? weg sein, der Löwe ohne seine Wildkatze, ohne die, von der er nichts zu erwarten vorgab. »Der ist wirklich gut«, sagte er, »Danke«, murmelte ich und wusste nicht, ob er reden oder etwas sagen oder ein Gespräch anstoßen wolle. In der anderen Stadt wartete Arbeit auf ihn, würde er auf neue Menschen und unbekannte Frauen treffen, und auch wenn er kurz daran dachte, wie aufregend es wäre, wenn sie für ein Wochenende auf Besuch käme, er ein schönes Hotelzimmer buchte, wusste er, es handelte sich um Tagträumereien – ihr Mann, ihr Sohn, unmöglich. »Ja«, sagte er beim Zahlen, »hier werde ich jetzt länger nicht sein. Schade eigentlich.« Er steckte die Rechnung ein, was er noch nie getan hatte, sagte »Alles Gute« und »Auf Wiedersehen« und verschwand auf die Straße. »Auf Wiedersehen«, rief ich ihm hinterher, und meinte damit in erster Linie sie.

Dass danach alle Tiere traurig seien, ist grober Unfug, tief atmet ihr die Meeresluft ein und reckt eure Gesichter der Sonne entgegen, als ihr das Hotel verlasst und die schmalen Steintreppen von einem kleinen Park hinunter zur Promenade nehmt. Das nasse Laub duftet, raschelt unter euren Schuhen, ihr geht leicht und beschwingt in einen Tag, für den ihr nichts geplant habt. Einfach nach links zuerst, am Meer entlang, an kleinen Booten vorbei, Möwen kreischen, Masten stoßen aneinander, ein Schwan putzt sein Gefieder im Seichten, den langen Hals nach hinten gedreht, in der Ferne liegen riesige graue Schiffe vor Anker. Irina trägt Jeans, einen dünnen schwarzen Pullover, sie hat eine windabweisende olivgrüne Jacke übergezogen, die Kapuze auf dem Kopf, Turnschuhe an den Füßen, so dürfest du sie nicht fotografieren, sagt sie lachend vor den Zäunen der Marine, auf denen Schilder mit durchgestrichenen Kameras angebracht sind, du dürfest sie überhaupt nicht fotografieren. Ob sie eine Indianerin sei, willst du wissen, die Angst um ihre Seele habe; um ihre Seele nicht, sagt Irina und streckt dir die Zunge heraus, um die habe sie keine Angst. Du hast dein Mobiltelefon gezückt, die Kamera gestartet, bisweilen drückst du ab, wenn sie nicht darauf achtet, du weißt, du wirst diese Fotos einmal anders ansehen, du weißt nicht, wie anders. Ein paar Soldaten schlendern über die weitläufige Anlage, als wären sie bloß verkleidet, ein ebenmäßig gemähter Fußballplatz, es riecht nach frischer Mahd, dann gelangt ihr an eine Kirche, ein Backsteinbau mit festungsähnlichem Turm, ihr rüttelt am Tor, versperrt, alles für die Marine, in einem Imbiss kauft ihr Brötchen mit Buletten, wie es hier heißt, »mit Senf«, ergänzt Irina, dazu zwei Dosen Cola, mit denen ihr euch an der Straße auf die Treppen vor einem Haus setzt. Autos fahren langsam durch die Kleinstadt, ein paar Männer trinken Bier neben dem Imbiss, eine Briefträgerin zieht die Post hinter sich her, ihr tragt Sonnenbrillen und esst.

»Was denkst du von mir?«

»Wie gut dir Senf um die Mundwinkel steht.«

»Ich meine jetzt nicht mein Aussehen.«

»Was denkst du von mir?«

»Du bist anders, als du glaubst.«

Das habe nichts zu bedeuten, sagt Irina, als sie sich bei dir unterhakt, sie brauche das jetzt. Ihr geht wieder die Promenade entlang, zurück Richtung Hotel, ohne Ziel und ohne Plan, an den Kriegsschiffen vorbei, am Militärsperrgebiet, an den verstreuten Solda-

ten in ihren Tarnuniformen, sie sollte wieder laufen gehen, meint Irina, als eine Frau an ihr vorbeitrabt, fändest du auch, sagst du, sie stößt dich in die Seite, »Scheusal!«, du schlingst deinen Arm um sie und flüstert ihr etwas ins Ohr, das sie strahlen lässt. Ein weißer Holzsteg führt zum Strandbad, eine hölzerne Bar, ein paar Tische mit Stühlen, alles weiß gestrichen. Ob sie Kaffee wolle, fragst du, Irina will, hier müsse sie die Tassen nicht vertauschen, sie zeigt dir den Vogel. Von der Bar führt eine flache Treppe zu einem Steg über dem Meer, Sonnenliegen mit rosaroten Überzügen stehen da, ein Rentnerpärchen lässt sich bescheinen, er liest Zeitung, sie döst, ihr Bauch hebt und senkt sich gleichmäßig, ihr setzt euch nebeneinander. Eine alte Frau kommt in schwarzer Badehose und Bikini aus einer Umkleidekabine; bevor sie an einer Leiter ins Wasser steigt, zieht sie ihn aus.

»Halleluja.«

»So werde ich auch mal aussehen.«

»So wirst du nie aussehen – die verschrumpelten Brüste, meine ich.«

»Mutig ist sie. Mich bringen da keine zehn Pferde rein.«

»Aber ein Löwe.«

Du stehst auf und schreitest drohend auf sie zu, die Arme erhoben, die Zähne gefletscht, die Finger zu Krallen gespreizt.

»Du bist verrückt.«

»Ich weiß, aber du weißt nicht, wie schnell ich dieses Mittel in deinen Kaffee gemischt habe, das dich absolut gefügig macht.«

Sie fühle sich schon ganz, sagt sie und lässt sich nach hinten sinken, so schwach irgendwie, und du freust dich, dass sie sich erinnert, mehr, als du dir eingestehen willst. Du legst dich auf deine Liege, verschränkst die Arme im Nacken, schließt die Augen, denkst an den Nebel zuhause, denkst: zuhause?, hörst die Alte wieder aus dem Meer kommen, sich abtrocknen, auf einmal kuschelt sich Irina an dich und legt ihren Kopf auf deine Brust. Als sie eingenickt ist, muss es kurz nach Mittag sein, sie atmet kaum hörbar, ihre Züge sind entspannt, wie du sie noch nie gesehen hast, du denkst das Wort Geschenk, und dass man einem Geschenk nicht näher auf den Grund gehe. Auf einem Holzbrett trägt eine Mutter eine dampfende Pizza zur Liege ihrer Tochter, die sie gemeinsam Stück für Stück im Sitzen verzehren, während die Tochter von der Langeweile im Unterricht erzählt, wie blöde die anderen seien, von *einem Mädchen, das sich als beste Freundin ausgegeben und sie kurz darauf verraten habe. Du holst dein Telefon aus der Tasche, fotografierst die beiden, während du tust, als tätest du etwas ganz anderes, bevor du die Bilder betrachtest, die du bisher aufgenommen hast. Bei einem hältst du inne: Irina an einer Brüstung über dem Meer, die Unterarme daraufgestützt, die Hände locker, die Bügel der Sonnenbrille zwischen den Fingern, die Lippen ruhig aufeinander, der Kopf gerade, das Kinn etwas in der Höhe, ein Lächeln um die Mundwinkel – der unverstellte, zuversichtliche Blick einer Frau, die gern auf dieser Welt ist.*

Die Heizstrahler sind abgedreht, ein Metallgestell trägt dunkelbraune Holzplanken, die die Sonne reflektieren, Reiskörner vom Mittagstisch (asiatische Gemüsepfanne mit Basmati) kleben auf dem Holz, die Fahne mit dem Schriftzug des Lokals weht leise im Wind, die Kellnerin scheint nicht viel schneller zu sein, als sie sich bewegt, das dunkelblonde Haar aufgesteckt, dichte Fransen in der Stirn. Mit Lachs gefüllte Matjes liegen auf einem Salatbett neben Bratkartoffeln, ihr habt beide das Gleiche bestellt, man hat von einer für die Region typischen Speise gespro-

chen, dazu eine Flasche Wasser, mit Sprudel, wie es hier heißt. Ihr habt, wie ihr euch versichert, richtig gewählt.

Auf der Promenade schlendern Menschen vorbei, schlendern ist das Wort, das dir als Erstes in den Sinn kommt, eine gewisse Verlangsamung, eine Verzögerung, vielleicht kommt es bloß dir so vor, junge Familien, Rentner, bisweilen Menschen auf Rädern, auf dem Asphalt ermuntern knappe Sätze zum Radfahren, bedanken sich im Namen der Umwelt und der Stadt, Deutschland ist vorbildlich geworden, Mülltrennung gegen Auschwitz, hatte ein Künstler an der Theke des Lokals gesagt, in dem ein gerahmtes Bild von dir und Irina hängen müsste. Gegenüber, auf der anderen Seite der Bucht, die Silhouetten der großen Werften im Gegenlicht, Kräne, Arme, Schiffe, Betriebsamkeit auf der einen, Entspannung auf der anderen Seite, vielleicht kommt es bloß dir so vor, du willst nicht mehr wissen.

Irina isst mit einem Appetit, der dich betört, du liebst Frauen, die mit Genuss essen und eine gute Figur halten, sie achten sich, das zieht dich an. Sie hat ihre Sonnenbrille wieder aufgesetzt, du bist erstaunt über ihre Wandlungsfähigkeit, wie sie hier sitzt, im Hohen Norden, in ihrer olivgrünen Jacke, das blühende Leben, wie man sagt, könnte sie auch eine Mutter aus der Kleinstadt sein, die gerade Mittagspause hat, bevor sie wieder in die Bibliothek verschwindet, in ein sozialwissenschaftliches Institut oder ein kleines Geschäft. Irina ist die schönste Frau weit und breit, und dieser Gedanke kommt dir nicht im Mindesten subjektiv vor. Du könntest fünf Frauen auswählen, aus dem Garten, in dem ihr sitzt, von der Promenade, an der ihr sitzt, Irina daneben stellen, wahllos zehn Männer befragen, wer ihnen am besten gefalle – der Ausgang der Abstimmung wäre eindeutig. Und auch wenn das nichts heißt, oder im Gegenteil etwas, das aus einem bestimmten Blickwinkel hinterfragenswert wäre, dir bereitet es ein diebisches Vergnügen.

»Du überraschst mich immer wieder.«

»Du mich auch – auf dem falschen Fuß. Als ich aus dem Hotel ging, war ich sicher, dich nie wieder zu treffen.«

»Du bist doch mit mir da.«

»Scherzkeks!« Irina lacht. »Wie meinst du das, überraschen?«

»Wir lagen im Bett und hörten Musik. Ah, Bach, sagtest du.«

»Du riefst am Wahlabend an, das sei doch wun-

derbar. Ich wusste nicht, ob das ernst oder sarkastisch gemeint war.«

»Wenn du dich gefreut hättest, hätte ich dich nie wieder getroffen.«

»Ich schrieb eine Nachricht an meine Freunde, die ich dir auch schicken wollte, aber dann dachte ich –«

»So gut hättest du mich kennen müssen.«

»Wir sprachen nie darüber.«

»Das spürt man.«

»Du warst dir auch nicht sicher. Was hat dich noch überrascht?«

»Dass du Jelinek magst.«

»Warum?«

»Sie würde dich verachten.«

Auf einmal schweigt ihr, am Nebentisch ist es kurz lauter geworden, jetzt flüstert man wieder. Ein Paar fragt eine Bekannte, ob sie schon geschieden sei, Irina schneidet die gefüllten Matjes in kleine Stückchen, nimmt Wasserschlucke zwischendurch, sie blickt an dir vorbei, während Für und Wider abgewogen werden, vielleicht noch eine Chance, vielleicht auch nicht, nach so langer Zeit, etwas sei noch da, andererseits nichts, gar nichts, überhaupt nichts, Heulen, »Ach, komm schon, der ist es nicht wert«.

Ihr seid still geworden, esst eure Fische weiter,

spießt Salatblätter auf eure Gabeln, und erst als du zwei Gläser Wein bestellst, bricht Irina das Schweigen.

»Du weißt, dass ich nicht trinke.«

»Ich will einmal mit dir getrunken haben.«

Als die Kellnerin die Gläser auf den Tisch stellt, stoßt ihr miteinander an.

»Aufs Meer«, sagst du.

»Auf unsere Verrücktheit.«

Ihr lacht, man dreht sich kurz nach euch um, man hält euch für glückliche Menschen.

Ihr Haar war kürzer, ihr Gang schwebender, als sie Mitte Oktober, beinahe drei Monate später, wieder mit dem Löwen auftauchte. Und obwohl etwas an ihrem gemeinsamen Auftritt anders war, das mich beinahe schwören ließ, sie würden sich diesmal an einen anderen Tisch setzen, steuerten sie geradewegs auf den zu, der in meiner Erinnerung zu ihrem geworden ist. Er half ihr aus dem Mantel, zog den erhöhten Stuhl vor, und während sie sich daraufsetzte, hängte er ihren Mantel und seine Lederjacke auf Kleiderbügel, kratzte sich am Kopf, ließ den Nacken kreisen und streckte sich, als hätte er gerade einen Halbmarathon beendet. Er blieb dicht hinter ihr stehen, legte seine Hand auf ihre rechte Schulter, strich ihr Haar beiseite, flüsterte ihr etwas ins Ohr und küsste sie in den Nacken.

Ich versuchte, meine Aufregung zu verbergen, wünschte einen guten Abend, Irina sagte »Hallo«, der Löwe nickte, bevor sie Cola Light und er das Übliche bestellte. Ob sie nicht essen wolle, fragte er, er habe sie noch nie essen gesehen, sie müsse auf ihre Figur achten, antwortete sie. »Genau«, sagte der Löwe, gerade sie, und obwohl ich mir die Bemerkung verkneifen wollte, fügte ich hinzu, zwar gehe es mich nichts an, außerdem sei ich an Bestellungen nicht unbedingt desinteressiert, allein diese Angst sei unbegründet – ich sagte »völlig unbegründet«, erklärte aber nicht, man sollte nach dem Verbrennen von Kalorien dem Körper frische Energie zuführen. »Vielen Dank«, antwortete Irina und lächelte, dass ich mich wie ein Bub unterm Christbaum freute, »äußerst charmant«, und obwohl ich besser den Mund gehalten hätte, fügte ich hinzu, ich sei dieses eine Mal nicht charmant, bloß ehrlich, obwohl das Geschenk unterm Baum nicht für mich war. »Einen kleinen Vorspeisenteller?«, fragte der Löwe und zwinkerte ihr zu, »sollte es dir zu viel sein – ich bin furchtbar hungrig.«

Irina wollte wissen, was auf den Teller komme, ich zählte alles auf, als gäbe es nichts Begehrenswerteres, ob das gut sei, hakte sie nach und drehte mir ein Gesicht zu, das mich das Wort *entwaffnend* verstehen ließ, ich bejahte, dann seien wir schuld, wenn sie morgen länger auf den Crosstrainer müsse, eine Schuld, die der Löwe und ich gern auf uns nahmen. Dem Koch trug ich auf, den Vorspeisenteller besonders elegant zu garnieren, den Schinken hauchdünn zu schneiden, die besten Käsesorten auszuwählen, die größten Kapernbeeren, die marokkanischen Oliven, als ob ein wichtiger Gast des Chefs seine Bestellung diktiert hätte. Er blickte auf, musterte mich mit einem amüsierten Blick und wollte wissen, ob meine Liebste da sei.

Ich erschrak. Meine Liebste. Ich erschrak nicht, weil er hätte Recht haben können, zumal ich, so gut es ging, meine Aufzeichnungen über die beiden vor mir selbst zu verheimlichen suchte, all die Sätze über die Wildkatze in ihrem Luxusschlitten, all die erlauschten Dialoge und hängengebliebenen Eindrücke, die ich auf die Hinterseiten eines alten Kassabuchs kritzelte – was ich hörte, was ich sah und was sich erst dann etwas weniger in mir umtrieb, wenn ich es niedergeschrieben hatte. Ich erschrak, weil ich keine Liebste hatte. Ich erschrak, weil ich ein Mensch geworden war, der ich nie hätte sein wollen, der nach dem Vögeln sofort aufsprang, um abseits des Bettes eine Zigarette zu rauchen, oder sich zur Seite drehte und die oft wiederholte Frage, was er denke, ob alles in Ordnung sei, ob es ihm gefallen habe, mit dem Hinweis auf die völlige Leere in seinem Kopf beantwortete, dass es ihm also gut gehe, sehr gut sogar, wunderbar. Ich klammerte mich an den Gedanken, auch Julia wolle bloß mit mir schlafen, nahm ihren Satz, wir seien beide beziehungsunfähig, als Grund zur Hoffnung und Beruhigung, nicht als das Gegenteil. Kurz war ich irritiert über die Art und Weise, wie der Koch die Frage gestellt hatte, ganz nebenbei, aber mit Bedeutung, einem leicht hämischen Unterton, einer leisen Überlegenheit, als wüsste er, der nichts wusste, Bescheid über mich. Ich konnte mir nicht vorstellen, dass er jemanden seine Liebste nannte, ohne die Besitzanzeige über die Bezeichnung zu stellen.

Ich weiß nicht, was es war, der Akzent, das Aussehen, die feinen Kleider und reizenden Stilettos, vielleicht Kindheit und Jugend hinter dem sogenannten

Eisernen Vorhang, die Verwandlung in ein kostbares Geschöpf, das mich an Kristina denken ließ, wenn meine Gedanken oder Sätze um Irina kreisten. Wahrscheinlich war es der Auftritt, eine gewisse Unnahbarkeit, ein Stolz, der von Hochmut schwer zu unterscheiden war und etwas mit einem weiten Weg zu tun hatte, mit dem Wissen um die eigene Anziehungskraft auf das andere Geschlecht. Vielleicht waren es die Schuhe, die so viel kosteten wie eine meiner Monatsmieten, vielleicht das Abweisende, das immer »Nicht-einmal-Denken« zu sagen, vielleicht der Glanz, der sie zu umgeben schien. Sie hätte Fotomodell sein können, Pornodarstellerin oder bloß erfolgreiche Geschäftsfrau, Boutiquebesitzerin, Rechtsanwältin, weiß Gott, weiß der Teufel. Nur wann immer ich in Irinas Blick nach Kristinas forschte, fand ich ihn nicht, kein Anzeichen davon, ich konnte mir nicht vorstellen, dass Irina den schmalen Grat zur wirklichen Unterwerfung überschritt, ihn überschritten wissen wollte. Ich konnte mir vieles vorstellen, aber nicht, dass sie eines Nachts, kurz vor Sonnenaufgang, den Löwen aus dem Bett klingeln, besoffen und verheult vor der Tür stehen und sagen würde: »Lass mich rein, bitte, du kannst tun mit mir, was du willst.«

Es war im Spätsommer, während seiner und also ihrer Abwesenheit, die Sonne wurde milder, das Licht heller, leichte Jacken und Pullover wurden aus den Schränken geholt, als mir Irina an einem Sonntagnachmittag, wie ich sie mochte in der Stadt, der ich nicht zuletzt Irinas und des Löwen wegen den Rücken gekehrt habe, begegnete. Die Menschen schlenderten die Straßen entlang, die Geschäfte hatten geschlossen, man saß vor Cafés, las Zeitung, lachte oder hielt den Kopf in die Sonne, die bald viel zu lange verschwunden sein würde. Ich kam eine breite Einkaufsstraße entlang, die sonntags gottlob nicht zum Einkaufen da war, Stöpsel in den Ohren, Sonnenbrille im Gesicht, als ich in einem dichten Menschenstrom eine Frau mit glattem schwarzen Haar sah, in engen hellblauen Jeans, einer weißen Bluse, schwarzen Sportschuhen, das Haar auf dem Hinterkopf zusammengebunden; wenn ich sage, alle Männer drehten sich nach ihr um, ist es nur insofern übertrieben, als nicht alle sie sahen und manche sich an eine Etikette hielten, die ihren höheren Zivilisationsgrad unterstreichen sollte. In ihrer Linken hielt sie eine Tüte Eis, in der Rechten die Hand eines etwa zehnjährigen Jungen, der eine Tüte Eis in seiner Rechten hielt. Der Junge zerrte an der Hand der

Frau, die laut lachte und ihm über die Schulter hinweg etwas zuraunte, das den Jungen vergnügt den Kopf schütteln ließ, als wollte er unbedingt, was er gerade energisch verneinte. Die Frau trug, ich sah es genau, ich starrte geradezu darauf, einen schmalen goldenen Ring auf dem Ringfinger.

In diesem Moment trafen unsere Blicke einander, sehr kurz, ich nickte Irina erfreut zu, sie wandte ihren Blick von mir ab und ihrem Eis zu. Ich war mir unsicher, ob sie mich nicht erkannt hatte oder nicht hatte erkennen wollen, ob ich ihr eine Gestalt aus einer anderen, vergangenen Zeit oder bloß einer von vielen war, der ihre Aufmerksamkeit erheischen wollte, ich weiß nur, dass ich meine Hände in die Hosentaschen steckte und seufzte. Ein paar Wochen später erwachte ich nachts aus einem Traum, in dem ich mit dem Jungen Fußball spielte, abwechselnd stand einer von uns im Tor, während der andere zum Elfmeter antrat, bevor wir in eine kleine, heruntergekommene Spelunke gingen, Apfelsaft tranken und mit Pfeilen auf eine Scheibe warfen. Er sei schon groß, sagte der Junge, als ich meine Pfeile herauszog, heute könne ich bei seiner Mama schlafen.

Abends fuhr ich über die Grenze zum Flughafen, das Radio laut gestellt, die Fenster halboffen, um den

Koch abzuholen, der für zwei Wochen in Frankreich gewesen war und mich mit einem Stellvertreter zurückgelassen hatte, den ich nicht leiden und der nicht kochen konnte. Ich war etwas zu früh, die Maschine leicht verspätet, gerade als ich einparkte, schob ein weißer Maserati neben mir rückwärts in einen Parkplatz. Hinter dem Steuer saß eine Frau, für die ich Hab und Gut gelassen hätte, und wahrscheinlich noch mehr, weil ich von beidem herzlich wenig besaß, sie trug eine große, rot gefasste Sonnenbrille, ich lächelte ihr zu, kaufte Wasser und stellte mich vor den Ausgang der Billigfluglinien. An eine Säule gelehnt, rauchte und beobachtete ich die Wartenden, die Chauffeure mit ihren Schildern, auf die Namen geschrieben waren, Empfangsmänner und Empfangsdamen, die jemanden in der Stadt willkommen heißen sollten, Alte und Junge, Großeltern mit Kindern, Mamas mit Töchtern, Papas mit Söhnen, dazwischen zwielichtige Gestalten, die auf schnelles Geld aus waren, ich sah den bröckelnden Beton, die Zigarettenstummel und leeren Flaschen auf dem Boden, aus dem an manchen Stellen Grünzeug spross. Ein paar Meter vor mir wartete eine zierliche junge Frau, sie schien meinen Blick zu spüren, blickte kurz und fragend zurück, um gleich darauf wieder wegzusehen. Auf einmal kam die Maseratifahrerin, flankiert von zwei Männern, die Türen gingen auf, Menschen strömten mit Trolleys ins Freie, überall Begrüßungen, erfreute und mechanische, Handschläge und Umarmungen, manche blieben nicht einmal stehen, küssten den Wartenden kurz auf Wange oder Mund, ohne die Geschwindigkeit zu drosseln. Die Männer und Frauen, die neben der Schönen und ihren Begleitern lächelnd und Küsschen tauschend stehenblieben, hatten in Rom ein Flugzeug bestiegen, auf den grünweißen Gepäckbestimmungen stand FCO, und ich sah Fiumicino vor mir, den Flughafen Leonardo da Vinci mit der albernen Statue des Künstlers, ich sah sie abheben, über den Strand von Ostia fliegen, übers Meer, ich sah die Maschine eine Kurve über dem Blau beschreiben und Kurs Richtung Norden nehmen. Zuletzt kam ein Mann, Sonnenbrille auf den Kopf geschoben, teure Jeans, weißes Leinenhemd, kein Koffer, kein Gepäck, das hatten ihm die anderen abgenommen. Er schritt langsam auf die Gruppe zu, als könne er sich alle Zeit der Welt lassen, die Schöne löste sich von den anderen, küsste ihn auf den Mund, die Arme um seinen Nacken geschlungen, ehe alle gemeinsam verschwanden. Die zierliche junge Frau, von der ich angenommen hatte, sie warte auf eine Freundin, stieß einen schrillen Schrei aus, als ein junger Mann durch die Tür trat. Sie lief ihm entgegen, fiel ihm um den Hals, er hob sie hoch, seine Hände auf ihrem Hintern, ehe sie einander lange und leidenschaftlich küssten, unterbrochen nur von kurzem Innehalten, Einander-Ansehen, Nasen-aneinander-Reiben. Dann gingen sie davon, immer wieder stehenbleibend, küssend, lachend. Etwas zog sich in meiner Brust zusammen, ich atmete tief durch, und als der Koch ins Freie trat, eilte ich ihm entgegen und umarmte ihn, als hätte ich ihn seit Jahren nicht mehr gesehen.

»Und«, fragte er lachend, »alles gut?«

»Klar«, sagte ich.

Sie waren anders an diesem Abend des Wiedersehens, der Löwe und die Wildkatze, die sich vergnügt über seinen Vorspeisenteller hermachte, von dem er nur ein paar Stückchen abbekam. Sie hatten nicht miteinander telefoniert in der Zeit, die er anderswo verbracht hatte, vielleicht hatte er ihr einmal, in einem einsamen Moment, geschrieben, wie gern er jetzt mit ihr täte, was er selten so leidenschaftlich mit jemandem getan habe – und selbst das klang in meinem Kopf zu romantisch. Vielleicht hatte sie geantwortet, mit gehöriger Verspätung, so emotionslos wie möglich, es gehe ihr gut, wann er komme, was er tue – aber auch das klang mir nach zu viel Emotion. Als er in die Stadt kam, so viel war klar, war sie eine der Ersten, der er schrieb. Dass er wieder da sei, ob sie einander sehen wollten, ob sie Lust auf einen Espresso habe oder auf ein neues stabiles Bett, äußerst sachlich. Als er dann aber eines Abends an der Straße auf sie wartete, Kaugummi kaute und eine Zigarette rauchte, hatte er geduscht, frische Kleider angezogen, Eau de Toilette aufgetragen, das Licht im Wohnzimmer gedämmt, leise Musik aufgelegt und die Jalousien zur Hälfte heruntergezogen.

Sie sprachen lauter und schneller als gewöhnlich, Irina schüttelte immer wieder den Kopf, er nickte, oder Irina erzählte etwas, das ihn auflachen ließ. Die Freude, einander wiederzusehen, war für mich, den heimlichen Dritten im Bunde, ebenso spürbar wie das jeweilige Bestreben, es sich nicht zu sehr anmerken zu lassen. Sie unterbrachen einander beim Sprechen, er musste noch etwas anbringen, sie hatte etwas vergessen, da fiel ihm ein, dass dort, und sie wunderte sich, dass der. Ein einsamer Trinker an der Theke starrte Irina an, auch wenn er nur ihren Rücken zu sehen bekam, und als er bemerkte, dass ich ihn beobachtet hatte, hob er die Augenbrauen, legte den Kopf schief und ließ die Zunge am Gaumen schnalzen. Ich verzog keine Miene, am liebsten hätte ich ihm etwas Unangenehmes gesagt, so sehr fühlte ich mich involviert, so gern hätte ich ihm gezeigt, dass ich sie kannte – besser als er es sich je vorstellen könnte. Da sah ich aus den Augenwinkeln, wie der Löwe aufstand, sich neben Irina stellte, ihr Fläschchen Bitter Lemon vom Tisch nahm und ihr, die Linke auf dem Rücken, süßlich grinsend und übertrieben vornübergebeugt, nachschenkte, während er nah an ihrem Hals tief einatmete.

»Madame«, sagte er, spießte eine Olive auf einen Zahnstocher und hielt ihn vor ihren Mund, »darf ich Ihnen dies Kleinod als Ausdruck meiner Bewunderung anbieten?«

»Löwe«, sagte Irina vorwurfsvoll, zog die Olive mit den Zähnen vom Hölzchen, drehte sich um und blickte mich entschuldigend an. Er hatte wie ich gesprochen.

Etwas hatte sich verändert, das ich nicht auf den ersten Blick benennen konnte und das ich auch heute, die Tage werden kürzer, die fremde Stadt ist unter einen grauen Himmel gedrückt, der Wind treibt die Wolken darüber, Julia hat mir eine E-Mail mit ihrer Analyse meines Charakters geschrieben, die mich beschämt, auch wenn ich mich anders sehe, kaum auf den Punkt bringen kann. Mir war, als hätte die Unterbrechung ihrer Beziehung beide über einander nachdenken lassen, als hätten sie einander an diesem Abend des Wiedersehens mit einem Mal anders gesehen. Wie zur Feier jener Vorstellung, die im Verborgenen stattgefunden hatte, eine Wiederaufnahme wie je eine, trug der Löwe einen ebenso eleganten wie legeren schwarzen Anzug, ein weißes, natürlich nicht bis oben zugeknöpftes Hemd, gerade so, als müsste er sich für sie schön machen, als müsste er zu ihr aufschließen, als könnte er nicht weitermachen wie zuvor. Es schien, als wäre etwas von der Unverbindlichkeit verpufft, als hätte die Trennung sie unausgesprochen vor die Frage gestellt, ob sie einander danach überhaupt wiedersehen sollten, und wenn ja: wie und unter welchen Vorzeichen?

Er wisse schon, dass sie nicht trinke, sagte er, als ich an ihren Tisch kam, um nach weiteren Wünschen zu fragen, zumindest keinen Alkohol, aber er würde zumindest einmal gern ein Glas Wein mit ihr trinken. Mir war, als spreche er eher zu mir, als wolle er mich zum zweiten Mal an diesem Abend einweihen, zum Mitwisser machen, mir etwas über sie verraten, vielleicht schämte er sich auch nur, weil Irina ihm erzählt hatte, dass sie nicht als Einzige in den Genuss seines kleinen Auftritts gekommen sei. Sie habe seit Ewigkeiten keinen Alkohol getrunken, sagte Irina, früher schon, wahrscheinlich zu viel, sie müsse Auto fahren und morgen zeitig aus dem Bett, beim nächsten Mal vielleicht. »Schade«, sagte der Löwe, nur wie er dabei die Schultern hochzog und die Backen blähte, wie er das Wort aussprach, verriet etwas von einer Enttäuschung, die nicht recht zum Umstand passen wollte, dass er nur ein Glas des Rotweins bestellen konnte, den er getrunken hatte, als er am Abend des Abschieds noch einmal allein in das Lokal getreten war, das ich viel zu lange meines nannte.

Bis heute bin ich unsicher, ob sie mir sagen wollten, dass sie sähen, wie ich sie ansähe, dass sie spürten, was sie in mir ansprächen, und wenn mir ist, als hätten sie mich damit zum Botschafter machen wollen, weiß ich gleichzeitig, dass ich mit einem Wissen schreibe, über das ich nie hätte verfügen wollen. Noch immer bringe ich Wein und Cola Light, stelle eine Karaffe Wasser und eine Schale Oliven auf den

Tisch, noch immer wünsche ich ihnen einen guten Abend und eine gute Nacht, noch immer bringe ich ihm das Rechnungsbuch und atme unauffällig ihren Duft ein, und noch immer höre ich ihn eines Abends sein Glas gegen ihres stoßen und »Auf unsere Verrücktheit« sagen.

Du stehst am Meer, ein riesiges blau-weißes Passagierschiff, auf dem Color Line Cruises *steht, gleitet aus dem Hafen, verdeckt die Werft auf der gegenüberliegenden Seite, bis ihre Silhouette wieder dunkelgrau im Gegenlicht auftaucht, vom Schiffsdeck grüßen Menschen, du machst das Victoryzeichen, jemand zeigt auf dich, man winkt dir, eine Wolkenfront hat sich vor die Sonne geschoben, Irina sich auf eine hölzerne Liege gelegt, leise summt sie vor sich hin. Ein kleines, ebenfalls blau-weißes Boot, auf das* Küstenwache *und* Polizei *geschrieben ist, die durch die Wolken dringenden Sonnenstrahlen, auf der Wasseroberfläche glitzernd, die Schornsteine und Kräne gegenüber – all das willst du dir merken, als eine Möwe vor dir auf einer verklebten Kante landet, patzige, schlierige, weißgraue Spuren auf dem Stein. Irina bestellte zwei weitere Gläser Weißwein, der wärmt deinen Kopf, du atmest tief durch und sagst der Möwe, was du denkst, der schönste Tag des Jahres, so weit weg von allem und so nah bei dir, beruhigend, das unbekannte Meer. Ob das ihre Scheiße sei oder die Scheiße anderer Vögel, fragst du die Möwe, nicht ohne sie zur Anständigkeit aufzurufen, auf einmal hörst du eine Stimme neben dir, Irina ist aufgestanden. »Der Löwe, liebe Möwe«, sagt sie, »ist tatsächlich verrückt. Er spricht mit Möwen.«*

Vor dem Institut für Meereswissenschaften liegt ein Becken, in dem Seehunde schwimmen, abtauchen, wieder auftauchen, unentwegt Rollen schlagen, als hätten sie nichts anderes im Sinn; treppenabwärts kommst du vor einer Glasfront zu stehen, mit kräftigen Stößen gleiten die ölig schimmernden Wesen vorbei, Mütter und Väter stehen mit ihren Kindern davor, eine Mutter schimpft ihre Tochter, sie wolle immer alles auf einmal, aber das sei doch gut, willst du rufen, man sollte alles auf einmal wollen, zumindest wollen, und dir fällt ein, wie du einmal zu Irina sagtest, mindestens der Hälfte der Eltern sollte man ihre Kinder gleich nach der Geburt wegnehmen, mehr als der Hälfte, antwortete sie. Du kniest vor dem Fenster des Aquariums, das kleine blonde Mädchen, dem eben vorgehalten wurde, immer alles auf einmal zu wollen, kommt dir entgegengetrippelt, große Augen, kleine Nase, blondes Lockenhaar.

»Wo ist er?«, fragt die Kleine.

»Da links hat er sich versteckt«, antwortest du und wiegst den Kopf, »ganz schön groß.«

»Ganz schön dick«, sagt die Kleine, »der Fischotter.«

»Seehund«, korrigiert Irina, die an der Brüstung steht und mit Hilfe eines Taschenspiegels und eines Stiftes ihre Lippen nachzieht. Du drehst dich um, sie lächelt dir zu, bevor dich die Kleine auf einen weiteren Fisch…, nein, Seehund aufmerksam macht. Wie Irina die Kleine ansieht, gefällt dir, mehr, als du dir eingestehen willst.

Da hörst du Irina lachen, sie steht vor einer Tafel, »Du«, ruft sie, »hör!«, und während ringsum Seehunde fotografiert und Seehunde bestaunende Kinder gefilmt werden, liest sie vor, was auf der Tafel steht:

»Das Männchen leitet die Paarung durch Jagen und Beißen in die Flossen und den Rücken ein. Während der Begattung hält das Männchen das Weibchen von hinten fest. Die Paarung findet immer im Wasser statt.«

»Wir haben eine Badewanne.«

»Ab jetzt nenne ich dich Seehund.« Sie lacht und schüttelt den Kopf. »Von hinten fest.«

Blaue, gelbe, rote, schwarze, steinfarbene Fische dann; Korallen, Muscheln, Schwämme, Krebse, Muränen in Aquarien, an denen ihr langsam vorbeigeht, vor denen ihr minutenlang steht und wie die Kinder schaut, die stehenbleiben und auf dieses Gelb und jenes Blau deuten, was das wohl sei und was jenes. Genauso stellt ihr fest, der sehe eher ungemütlich und der doch sehr putzig aus – und warum sagt ihr »Er« und nicht »Sie«, und wie ist das überhaupt mit den Fischen? Irina steht nahe am Glas, ein Krebs lugt aus seiner Höhle, du drängst dich von hinten an sie, beißt sie ins Ohrläppchen. »Löwe«, sagt sie gespielt vorwurfsvoll, »Seehund«, sagst du.

Draußen riecht es nach Meer, auf dem Weg in die Stadt liegen Kastanien, nasses Laub, leuchtend rote Blätter, beinahe durchsichtige neben schmutziggelben, ihr seid Augen und Ohren und Nasen, Nie wieder Deutschland *ist in Blau auf ein Kriegerdenkmal gesprüht,* Nie wieder Krieg *steht daneben, und noch vor wenigen Stunden standet ihr vor den Schildern, die von den Olympischen Spielen im August 1936 berichten, als Segelschiffe um die Wette fuhren,*

Hakenkreuze auf Masten wehten – wie bemerkenswert euch alles vorkommt, zumindest dir ist so, und wenn du deinen Kopf Irina zuwendest, siehst du ein Lächeln in ihrem Gesicht, das du dir einmal als leicht verlegen, ein andermal als ertappt merken willst. Du sagst nicht »Ich hab dich lieb«, nicht einmal »Ich mag dich«, sie greift nicht nach deiner Hand. Und wenn schon, denkst du, als Irina in der Fußgängerzone kurz in eine Parfümerie muss, weil sie etwas vergessen zu haben meint. Du stehst vor der Auslage einer Musikhandlung, überlegst, ob du Irina die Aufnahme mit den Ungarischen Tänzen *schenken sollst, und musst an den Kellner jenes Lokals denken, in das du mit Irina gehst, nachdem ihr miteinander geschlafen habt und bevor sie sich in ihren Mercedes setzt, um nach Hause zu fahren, wo immer das sein mag.*

Der Unterschied sei, hatte der zu einem Gast an der Theke gesagt, dass Frauen Männer nicht so ernst nähmen. Du weißt nicht, ob Irina dich ernst nimmt, es ist dir nur halb so wichtig, solange ihr Freude aneinander habt. Du weißt nicht, wo sie wohnt, wie es dort aussieht, du hast sie noch nie mit ihren Freundinnen erlebt, keiner deiner Freunde hat jemals Irina zu Gesicht bekommen, du hast sie nicht einmal ge-

fragt, warum sie sich die Brüste habe machen lassen, wie man sagt, wie sie sich davor angefühlt hätten. Bisweilen denkst du tagelang nicht an sie, und als du fort warst, war sie auch aus dir und in dir fort, weit weg, zumindest meistens, aber wenn sie in ein paar Stunden zu Besuch kommt, räumst du deine Wohnung auf, lüftest, saugst Staub, spülst Geschirr, verwischst alle Spuren anderer Frauen, suchst nach Haaren auf Leintuch, Decken, Kissen, die du umdrehst oder vertauschst, wenn sie nach fremdem Parfum und fremdem Körper riechen, die du frisch überziehst, wenn sie zu intensiv nach fremdem Parfum und zu frisch nach fremdem Körper riechen, im Badezimmer versteckst du alle zufällig – und denkst dabei zufällig *unter Gänsefüßchen – vergessenen Cremes und Wimperntuschen. Du kennst Frauen, nicht wenige, die das erregt, vielleicht würde es auch Irina erregen, sie eifersüchtig machen, aber dieses Spielchen willst du nicht mit ihr spielen, findest es lachhaft unangemessen. In letzter Zeit fragte sie öfter, wann zuletzt jemand bei dir übernachtet habe, wie viele Kinder du einmal wolltest und wann, was du an Frauen mochtest und was nicht, und du reagiertest launig oder ausweichend, als hätte das alles nichts mit euch zu tun. Da fällt dir ein, wie du dich, mehr als du dir eingestehen wolltest, freutest, als Irina eines Tages deinen Kühlschrank öffnete und den Inhalt mit der Bemerkung lobte, allein lebende Männer hätten meist leere Kühlschränke, weil sie allmählich verkämen.*

Irina tritt lächelnd aus dem Geschäft, schwenkt eine kleine Schachtel in ihren Händen und öffnet sie. Ein länglicher brauner Flakon kommt zum Vorschein, sie besprüht dich einmal und noch einmal und einmal noch.

»Ich dachte, das passt zu dir.«

»Du bist verrückt.«

»Ich musste dir das schenken.«

»Weil ich so stinke?«

»Genau.« Irina lacht. »Deswegen.«

Beim Abendessen, weiße Tischtücher, Stoffservietten auf dem Schoß, leise Musik im Hintergrund, diskrete Kellner, deine Wildkatze in Turnschuhen, erzählt Irina zur Vorspeise von Kindheit und Jugend in Leningrad, von den zerrissenen Kleidern, in denen sie durch die Gegend gelaufen, von ihrem ersten Mal mit einem Matrosen, der um einige Jahre älter gewesen sei, von ihrer Faszination für große, starke Männer, von roten Fahnen und Aufmärschen, von ihrem Wunsch, Kosmonautin zu werden, auf die Erde als Ganze zu blicken und so verändert zurückzukommen, dass einem alle mit Respekt begegnen müssten, von den Sommern auf dem Land bei ihrer Großmutter, wo sie, das Stadtkind, sich mehr als einmal im Wald verirrt habe. Zum Hauptgericht will sie dein erstes Mal erzählt bekommen, du erinnerst dich an ein kleines Zimmer, an heruntergelassene Jalousien, an ein Kondom, das du wie einen Schatz gehütet hattest, an die Angst vor einer verfrühten Heimkehr einer Mutter. Ob du jemals in einer Beziehung treu gewesen seist, will Irina beim Dessert wissen. »Körperlich?«, fragst du, sie nickt. »Nein«, sagst du, Treue heiße für dich etwas anderes. Du nimmst einen Schluck Wein, Irina meint, ihr wärt einander sehr ähnlich, du nimmst noch einen Schluck und korrigierst dich: Doch, einmal, in deiner ersten Beziehung, Jugendliebe, da hättest du gedacht, das müsse sein, ein Mensch, keine Intimitäten mit einem anderen, Eifersucht, das ganze Programm, sozusagen. Nach dem Kaffee winkt Irina den Kellner herbei, lässt die Rechnung bringen, legt ihre Kreditkarte ins Rechnungsbuch und schiebt es an den Tischrand. Als du etwas sagen willst, schüttelt sie bloß den Kopf.

»Es wird Zeit, dass wir ins Zimmer kommen«, sagt sie. »Wir sind ja nicht zum Reden hier.«

Ihr seid nicht mehr nüchtern, als ihr ins Freie tretet, es hat abgekühlt, klare, frische Luft, der Mond ist so voll, dass du Irina vor dem Werwolf in dir warnen musst, die Promenade beinahe menschenleer, alle paar Minuten kommt euch jemand entgegen, alle paar Minuten bleibt ihr stehen, um einander zu küssen und anzufassen, wild, gierig, gefräßig, mit einem Werwolf ist nicht zu spaßen. Du presst deinen Oberschenkel zwischen ihre Beine, sie fasst zwischen deine, ihr ruft euch mit gespielter Ernsthaftigkeit zur Contenance, immerhin seid ihr noch nicht im Wasser. »Nicht im Wasser«, wiederholst du und schiebst sie bedenklich nah an den Promenadenrand, das Laternenlicht spiegelt sich auf der glatten Oberfläche, von einem Boot dringt Gemurmel, leise Musik, Gläser werden aneinandergestoßen, eine Frau kichert, eine andere macht »Psssst«, Irina äfft sie nach und sagt glucksend, manchmal habe sie beinahe Angst vor dir. Ihr hättet ins Wasser fallen können, ihr fielt nicht, Irina hakt sich bei dir unter.

Die Hotellobby ist leer, in einer Glasvitrine steht das Modell eines U-Bootes, das auf der Werft für

Südkorea produziert wird, länger als nötig steht ihr davor, als könnte euch eine kleine Wahrheit aufgehen. Nach dem Mittagessen wolltet ihr auf die gegenüberliegende Seite spazieren, aber dann trankt ihr doch Kaffee im Freien, stauntet auf dem Hauptplatz über eine verwitterte Erinnerungstafel mit dem Kopf eines alten zerknautschten Mannes, die Mütze leicht in die Stirn gezogen, ein buschiger, gezwirbelter Schnauzbart, schwere Tränensäcke, der als Parkwächter auf dem Alten Markt gewirkt und viel Gutes getan habe, von 1946 bis 1967, gewidmet von dankbaren Kieler Bürgern – »Coast to coast«, sagte Irina, »von Leningrad nach Kiel«, und du wusstest nicht, ob sie sich oder den Parkwächter meinte. Was einmal an euch erinnern würde, wollte Irina wissen, was ihr Gutes getan hättet, sie lachte, es klang nicht vergnügt. In der Nikolaikirche probte ein Chor, ob du an Gott glaubtest, fragte Irina, vor wenigen Jahren hättest du Nein gesagt, nun könntest du das nicht mehr so leichtfertig beantworten, sie auch nicht, sagte sie, eigentlich glaube sie schon an Gott, an einen Gott, an etwas anderes, sonst wäre alles zu trostlos. »Er fickte gut«, sagte sie, »könnte auf deiner Tafel stehen«, »Alle Männer drehten sich nach ihr um – auf deiner«, antwortetest du, »Auch etwas dürftig«, sagte Irina nach einer Weile, du nicktest. Die junge blonde Praktikantin ist von einem nicht mehr jungen dunklen Mann abgelöst worden, der geschlafen zu haben scheint und augenzwinkernd eine gute Nacht wünscht, als er dir die Schlüsselkarte reicht.

Wie in deiner Wohnung verschwindet Irina zuerst im Badezimmer, du hörst Wasser aus der Leitung rinnen, stellst dir vor, wie sie ihre Kleider abstreift, steckst dein Mobiltelefon in ein Boxensystem und machst die Musik an, die du ihr zum ersten Abschied auf CD branntest. Du hattest sie ihr geschenkt, weil sie sich an dich erinnern sollte, natürlich, noch heute denkst du an Irina, wo und wann immer diese Musik erklingt. Sie kommt in halterlosen schwarzen Strümpfen und Slip aus dem Badezimmer und beginnt – zu tanzen, schnelle Bewegungen, ihre Brüste hüpfen kaum, sie dreht sich um die eigene Achse, wirft die Arme in die Höhe, einmal den linken, dann wieder den rechten, sie wirbelt herum, kindlich vergnügt, ausgelassen, wiederholst du in dir, aus-ge-las-sen, so hast du sie noch nie gesehen, du stehst da und hast Tränen in den Augen, auch weil du siehst, dass sie nicht oft tanzt und mit dem Takt auf Kriegsfuß steht, in deiner Gegenwart scheint sie sich frei zu fühlen, das rührt dich. Irina springt dir entgegen, ihre Beine um deine Hüften, die Arme um den Nacken, du hältst sie am Hintern fest und küsst ihre Brüste.

»Das war ein schöner Tag«, sagst du.

»Das ist ein schöner Tag«, sagt sie, »zieh dich aus, mein Wille geschehe.«

Schwer zu sagen, warum ich so lange nicht begriff, worin die Veränderung bestand, die ich spürte, aber nicht benennen konnte, obwohl ich sie jedes Mal vor Augen hatte, wenn der Löwe Irina die Tür aufhielt, sie erhobenen Hauptes ins Lokal trat und es für einen Moment leiser wurde. Nicht nur, dass sie nicht jenes rote Kleid trug, das mich so verwirrt hatte, nicht nur, dass sie auf freizügige Dekolletés und bis an die Knie reichende Stiefel zu verzichten schien, sie hatte die Farben gewechselt. In Wahrheit hatte sie die Farben nicht gewechselt, sie verzichtete überhaupt darauf, kein Rot, kein Grün, kein Marineblau – Irina trug nur noch dunkle Töne, meistens schwarz. Gleichzeitig fiel mir auf, wie sich neben den Farben die Blicke geändert hatten, die ihr galten, wenn sie mit dem Löwen an dem Tisch saß, der eines Abends von einem Paar besetzt war, das keine Anstalten machte, in absehbarer Zeit aufzustehen.

Männer sahen Irina, wenn eine Frau dabei war, nicht mehr so gierig und verstohlen an, nicht mehr so lachhaft lechzend, wenn sie allein und nicht mehr nüchtern an der Theke saßen, man sah sie interessiert an, staunend, vielleicht bezaubert, mit jenem Blick, den man, wäre man auf ihn angesprochen worden, noch immer damit hätte rechtfertigen können, es tue einem leid, man habe sie von irgendwoher zu kennen gemeint, wobei das Irgendwo das Fernsehen hätte sein können, der Film, die Klatschmagazine oder einfach die Träume von einem anderen Leben als dem, das man führt. Sie standen unentschlossen vor der Theke, nachdem sie ins Lokal getreten waren und ihren Tisch von einer Flasche Wein und zwei Verliebten besetzt gefunden hatten, Irina in einem langen schwarzen Mantel und schwarzen Stiefeln, der Löwe in einem grauen Mantel und blauen Jeans, das Gesicht erhitzt. Offensichtlich wussten sie nicht, was tun, hilflos blickten sie sich um, und als er mit dem Kopf zu einem freien Tisch am Fenster wies und sagte, jetzt sei es auch schon egal, sagte sie Nein – sonst komme noch eines seiner Kätzchen vorbei und kratze ihr die Augen aus.

Ich eilte zu Hilfe, entschuldigte mich, dass ihr Tisch besetzt sei, obwohl ich nicht das Geringste dafür konnte, sagte ihnen, ohne es zu sagen, um wie viel lieber es mir wäre, wenn sie dort säßen, und als hätte ich sie nicht gehört, bot ich den Tisch am Fenster an. Er sah Irina fragend an, Irina schüttelte den Kopf, das sei zu viel Veränderung an einem Tag für einen Menschen wie sie, sie sitze lieber an der Theke. Und wenn sie dergleichen über sich sagte, konnte ich ihnen erstmals, ohne eine Bestellung aufzunehmen, Bier und Bitter Lemon servieren. »Oder wollen Sie Cola Light?«, fragte ich, Irina lächelte und sagte, das sei goldrichtig, bevor ich in die Küche ging und mit einem kleinen Vorspeisenteller zurückkam, den ich nicht bonierte, weil ich von dem Besitzer des Lokals, das ich nie hätte meines nennen dürfen, seit drei Monaten kein Gehalt bekommen hatte. Ich erklärte den Gruß aus der Küche zur Kompensation für die Unannehmlichkeiten dieses Abends, sie bedankten sich artig, und auf einmal wurde mir bewusst, dass ich, der Notizen über sie machte, noch nie so intim mit ihnen gesprochen hatte, dass ich, recht betrachtet, noch nie mit ihnen gesprochen hatte.

Sie saßen nebeneinander, der Löwe hatte seinen Stuhl nah an ihren gerückt, ihn seitlich versetzt, während Irina gerade saß. Er hatte sich ihr zugedreht, sein rechtes Bein knapp neben ihrem linken, sie blickte geradeaus, er flüsterte ihr etwas ins Ohr, bevor auch sie sich etwas zur Seite neigte und ihr Bein seines berühren ließ. Ich hatte viele Gäste zu bedienen an diesem Abend, das Geschäft lief gut, ich bekam reichlich Trinkgeld und trickste ein wenig bei den Rechnungen. Während ich Bestellungen aufnahm, von einem Tisch zum nächsten eilte, »Bitte« und »Danke« sagte, während ich nickte und lächelte, fragte ich mich, warum ich nicht auf dem Schiff geblieben sei, warum nicht auf dem Meer, warum ich nicht viel mehr Geld verdiente, indem ich reichen Menschen aus aller Herren Länder jeden noch so absurden Wunsch zu jeder noch so absurden Uhrzeit von den Augen abzulesen versuchte, und wenn mir das nicht gelänge, kämen die Wünsche aus weit geöffneten Mündern, »Omelette mit Trüffeln? – Bitte sehr, gern!«, »Mehr Champagner? Kein Problem.«, zumal sie ihn ab einem gewissen Zeitpunkt ohnehin nicht mehr von mittelmäßigem Prosecco unterscheiden könnten. Ich hatte für ein paar Monate zurückkommen wollen, alte Bekannte treffen, um zu sehen, dass ich zu lange und zu weit weg gewesen war, vergessene Orte aufsuchen, um zu wissen, warum ich sie vergessen hatte, vielleicht ein wenig arbeiten, um nicht nur Geld auszugeben und zu feiern, bevor ich wieder auf ein Schiff wollte, um über den Atlantik zu fahren oder in die Südsee oder wohin immer man mich schickte. Es war Kristina gewesen, die mich gefragt hatte, ob das ein Leben sei und was für eines, und ich hatte mich dazu überredet, wieder sesshaft zu werden. Bis ich an dem Abend, an dem sie mir die Narbe auf der Innenseite ihres linken Handgelenks zeigte, vor Kristina und mir Angst bekam.

Irina fuhr nach Büroschluss nicht mehr nach Hause, sie zog sich auch nicht mehr in ihrem Auto oder anderswo um, bevor sie dem Löwen eine Kurzmitteilung sandte, er solle in fünf Minuten vor seinem Haus auf sie warten, und sie parkte mittlerweile, wie ich etwa eine Woche später bestätigt bekam, ihren Wagen auch dann in der Nähe seiner Wohnung, wenn es noch nicht dunkel war. Sie kam aus dem Büro, wie sie war, schwarz oder grau gekleidet, elegant, dezent, und gerade darin unheimlich reizend, eine Frau, die mit einem Mal nicht mehr in erster Linie nach Sex, sondern nach etwas anderem aussah, nach guter Stelle, Ernsthaftigkeit, Beständigkeit, eine Frau, die mit beiden Beinen im Leben steht und keine Angst davor hat. Sie kam zum Löwen, wie sie morgens ins Büro kam, um Verhandlungen zu führen, in einer Mischung aus Unnahbarkeit, Erotik und Bestimmtheit, die ihr Gegenüber wissen lassen sollte, dass es ihr durchaus kurz auf den Busen schauen könne, beim zweiten Blick aber bereits im Hintertreffen sei. Etwas war geschehen, das sie auf die offensichtlichen Accessoires der Verführung verzichten ließ, sie dazu brachte, nach seiner Rückkehr aus der anderen Stadt ihr papierenes Täschchen kaum noch mit sich zu führen, er es nicht mehr aus dem Kofferraum nehmen musste, dass sie ihn höchstens in ihrem Luxusschlitten, wenn sie auf Parkplatzsuche um den Block kreisten, kurz fragte, ob sie nicht doch lieber die Schuhe auf der Rückbank anziehen solle, was der Löwe ebenso routiniert mit der alten Gegenfrage beantwortete, ob sie ihre Frage ernst meine.

Es war an einem dieser Tage, an denen ich die Welt zu sehen meinte, wie sie war, als der Löwe und die Wildkatze erstmals ihre gewohnte Umgebung anderen überlassen und mit ihren Rücken zum Lokal und nahe an den Fenstern sitzen mussten. An Tagen wie diesen spazierte ich zur Arbeit, die mir ansonsten Freude bereitete, die ich dann aber mit einem Mal als das sah, was sie war – gewinnbringend für einen anderen, der mit einem protzigen Wagen durch die Gegend fuhr, sich an den seltenen Abenden, an denen er sich in seinem Lokal zeigte, als Chef feiern ließ, aber ohne mich und die Kollegen längst untergegangen wäre. Alles schien schärfer an diesen Tagen, unmittelbarer, ich sah die Menschen auf den Straßen und Plätzen, in den U-Bahnen und Bussen, auf den Märkten und in den Geschäften, in den Bars und Restaurants und wunderte mich, wie sie alle zusammenhingen. Sie gingen, liefen, stolperten durch Tage, Nächte und Jahreszeiten, ohne zu wissen, wofür, bis sie eines Abends nach Hause kamen und sich eingestehen mussten, sich ihr Leben anders vorgestellt zu haben – zumindest mir war es mehr als einmal so ergangen.

Ich lachte über die Vorstellung, die eine Feststellung war, Kellner in einem gehobenen Lokal zurückgenommener Eleganz zu sein, das für die Gegend keine übertriebenen Preise veranschlagte, ein paar Bezirke weiter aber unverschämt teuer erscheinen musste. Schon auf dem Weg zur Arbeit erheiterte mich die Aussicht, andere zu bedienen und so zu tun, als wäre ich tatsächlich nichts anderes als ein Kellner, der anderen einen angenehmen Abend in einem angenehmen Lokal bereitete. Ich sah nicht einmal wie ich selbst aus. Ich sah nicht nach mir aus. Vielleicht rief ich auch deswegen weiterhin Julia an, die wusste, wie das war – nicht auszusehen, wie man aussieht, um nicht hungern zu müssen.

An Tagen wie diesen lächelte ich, wenn ich T-Shirt oder Pullover gegen ein weißes Hemd tauschte, die dunkelblaue Schürze umband, die Kellnerbrieftasche umschnallte, die mir ein fliegender Händler aus Bangladesch für ein paar Mahlzeiten überlassen hatte, mich noch einmal frisierte und beim Blick in den Spiegel wie ein Partisan meiner eigenen Existenz fühlte. Zu den Gästen war ich besonders freundlich an diesen Tagen, wahrte Distanz, nickte beiläufig, gab bloß das Nötigste von mir und blieb dezent im Hintergrund. Wahrscheinlich arbeitete ich deshalb nie in einem der angesagten Lokale, in denen Kellner herumlaufen wie zuhause oder auf der Straße, mit Gästen eine Zigarette rauchen und fragen, wie es ihnen gehe, weil das die Rollen nur vernebelt – Bier und Wein muss man immer noch bringen, und Trinkgeld von einem Freund zu nehmen, der keiner ist, ist demütigender als von dem Herrn, der einem nicht einmal in die Augen sieht. Ich verwandelte mich für eine gewisse Zeit, um Miete und Rechnungen begleichen zu können, sagte »Danke« und »Bitte« und »Haben die Herrschaften noch Wünsche?«. Aber wenn ich mich umgezogen hatte, meine Bekannten auf letzte Getränke kamen, die ich nicht bonierte, und Kassa machte, wusste ich wieder, wer ich war – der den Laden führte und dafür ein bescheidenes Dach über dem Kopf hatte.

Jeder frei gewordene Tisch war an diesem Abend im Handumdrehen wieder besetzt, ich ging von einem Tisch zum nächsten, vom Lokal in die Küche, von der Küche ins Lokal, und wann immer ich Bier zapfte, Kaffee brühte, eine Flasche Wein entkorkte oder nach Gläsern griff, wanderte mein Blick zu den beiden, die noch näher aneinander gerückt waren. Irina erzählte ihm von einem Empfang, an dem sie habe teilnehmen müssen, weswegen sie später gekommen sei, aber immerhin, das könne er getrost glauben, zum frühestmöglichen Zeitpunkt. Wie sie die Menschen beschrieb, die sich für wichtig hielten oder von anderen für wichtig gehalten wurden, die verbitterten Damen in Designerkleidern, die ihnen nicht passten, mit einem falschen Lachen oder einem Grinsen, das im Gesicht eingefroren zu sein schien, die aufdringlichen jungen Schnösel, die sie auf einen Drink, einen Kaffee, zu einem Abendessen einladen wollten, wie sie ihre Langeweile, ihren Unmut, ihren Widerwillen schilderte, schien dem Löwen außerordentlich zu gefallen. Er hielt den Atem an, nickte eifrig, schüttelte immer wieder den Kopf und sah sie dabei mit einem Blick an, den ich noch nie an ihm bemerkt hatte – weder entspannt noch interessiert, weder wohlwollend noch neckisch, sondern, ich finde kein passenderes Wort, *beeindruckt*. Er hing an ihren Lippen, wie man sagt, aber diesmal nicht, weil sie so betörend glänzten.

Das seien doch bestimmt gute Typen, meinte er und zündete eine Zigarette an, reich, einflussreich, bestens vernetzt, und alle könnten doch nicht hässlich sein. »Aber langweilig«, entgegnete Irina und mokierte sich über den Auftritt eines Generaldirektors, um den alle, auch die Typen, die es auf sie abgesehen und sie zu beeindrucken versucht hätten, wie um einen kleinen Gott herumscharwenzelt seien, obwohl er wahrscheinlich nichts anderes als ein schmächtiges Kerlchen mit Komplexen sei, das früher in den Schulpausen von den Mitschülern verprügelt, beim Fußballspielen immer als Letzter gewählt und nicht einmal von den Mauerblümchen in Erwägung gezogen worden sei. Während sie voll Abscheu und Hohn sprach, wie ich es ihr nie zugetraut hätte, die Stimme scharf, die Zähne aufeinandergebissen, und der Löwe lauschte, färbte ihre Stimmung auf meine ab. Was hatte ich von der Tatsache, dass der Polizist ein zynischer Alkoholiker war, wenn er mich am nächsten Tag schikanieren konnte? Was änderte meine Entdeckung, dass der Politiker, der sich christliche Werte auf die Fahne geschrieben hatte, seine Geliebte bei Wein und Zigarren anschmachtete, wenn er an der Verschlechterung meiner Lebensumstände mitwirken konnte? Was relativierte das Schluchzen der Schauspielerin, wenn sie am nächsten Abend von Hunderten bejubelt und in Illustrierten bestaunt wurde? Anfangs hatte ich meinen Ärger über Gäste, der immer auch ein Ärger über meine Situation war, zuweilen besänftigen können, indem ich sie mir nackt vorstellte, sie entweder lächerlich oder zum Objekt meiner Lüste machte, aber selbst die Nacktheit verbirgt noch zu viel, weil man sie sich nur im Kontrast zum Bekleidetsein vorstellen kann.

Irina war in ihrer Erzählung zu dem jungen Schnösel zurückgekehrt, an dem jedes Haar einzeln frisiert schien, der von einer Yacht in Kroatien gefaselt und mit ihr später etwas habe trinken wollen, worauf sie gesagt habe, sie fahre, worauf er gesagt habe, dann könnten sie auch jetzt etwas trinken, worauf sie gesagt habe, sie fahre jetzt. Ich musste grinsen und ein Lachen unterdrücken, es schüttelte mich, unsere Blicke trafen aufeinander. »Ist ja wahr«, sagte Irina und verschränkte die Arme vor der Brust, »widerlich.« Ich nickte und sagte: »Allerdings.«

Heute weiß ich, dass es dieser eine Blick, dieses eine kurze Aufeinandertreffen, dieses eine Lachen Irinas war, das mir mein Verhältnis zu den beiden in einem anderen Licht erscheinen und ihre Geschichte in mir eine andere Richtung nehmen ließ. Ich hatte sie bewundert, mag sein, dass ich sie mitunter beneidet hatte, ich hatte in ihnen immer etwas gesehen, das mehr war als das Hohe Paar, das alle Blicke auf sich zog, ich hatte sie mir nie nackt vorgestellt, um mich über sie zu erheben. Sie waren in meinen Träumen aufgetaucht, hatten mich niederschreiben lassen, worüber sie sprachen und wie sie einander dabei ansahen, aber ich hatte mir weder meine Faszination für sie und noch viel weniger ihre anhaltende Faszination für einander erklären können, weil sie, wie ich ein ums andere Mal zu sehen meinte, nicht zueinander passten. Mein Lachen hatte mich verraten, meine Hellhörigkeit mich auffallen lassen, ich hatte meine Distanz aufgegeben, Irina hatte gesehen und gehört, dass ich ihr gelauscht hatte, und in diesem Augenblick, den ich meine Begegnung mit Irina nennen will, hatte sie mir bestätigt, was mir erst später aufgehen sollte.

Ein paar Abende darauf, als ich mich auszog, mein Kostüm anlegte und in mir den Kopf über mich schüttelte, fiel mir der Satz ein, den Irina an ihrem ersten und letzten Thekenabend ausgesprochen hatte. Sie hatte sich nach hinten gelehnt, den Kopf kurz zurückgeworfen, tief durchgeatmet, die Augen für einen Moment geschlossen, ehe sie sich zu ihm gedreht und gesagt hatte: »So habe ich mir mein Leben nicht vorgestellt.«

Auf einmal meinte ich zu wissen, was es war, das uns verband: Wir alle hatten uns unsere Leben so nicht vorgestellt. Wir alle hatten ganz andere Träume von uns gehabt. Wir alle hatten uns mit Nebenrollen abspeisen lassen und uns mit den Plätzen arrangiert, die man uns zugewiesen hatte. Wir waren zu Duldern und Mitläufern, zumindest zu Mitwissern geworden, die sich einredeten, wenn schon nicht glücklich, zumindest zufrieden zu sein. Sie war nicht die gut gekleidete Lady im Luxusschlitten, in deren Universum sich alles um Geld, Glitzern und Karriere drehte, um alles, was sie in Kindheit und Jugend entbehren musste, an der alles abprallte, nicht nur die

Blicke der Männer, weil sie ohnehin stets bekam, was sie wollte. Sie war nicht die russische Schönheit, die sich eines Tages entschlossen hatte, für die eines Tages vielleicht beschlossen worden war, ihre Brüste müssten größer, praller, noch im Liegen unbewegt sein. Sie lebte nicht davon, dass man sich vor sie hingekniet, alles für sie getan, ihr jeden Wunsch von den Augen abgelesen hätte, nicht davon, dass sie sich über die Welt, in der sie geboren war, mokierte, wenn und wie es sich gehörte, genauso wie er nicht der Bohemien oder Lebemann war, wie immer man bezeichnen will, was andere mit Neid, Missgunst oder Verachtung erfüllt, nicht der abgebrühte Spieler, hinter dessen Fassade Frauen finden wollten, was andere nicht gefunden hatten. Er war nicht der Typ, der die Achseln zuckte, wo andere jubiliert hätten; er tat bloß so, weil er glücklich war. Und ich war nicht der Kellner, dessen einzige Berufung darin bestand, anderen mit der Linken auf dem Rücken ein Glas Rotwein zu einem Preis knapp unter dem Flascheneinkaufspreis einzuschenken und dabei zu lächeln, als bekäme er ihn zu trinken.

Beim Frühstück sitzt ihr am Fenster, das Licht fällt schräg auf das weiße Tischtuch, ihr esst mit einem Ap-

petit, über den ihr grinsen müsst. Der überdimensionierte Raum ist beinahe leer, die Kellnerinnen stehen genervt und gelangweilt herum, du holst Irina Orangensaft, am Nebentisch sitzen zwei Männer mittleren Alters, hinter ihnen isst eine russische Kleinfamilie, die eine Kreuzfahrt machen will, wie Irina übersetzt, sie sehe gut aus, meinst du, er aber nicht, sagt sie, ansonsten ist es still. Nachts hattet ihr noch ein wenig geplaudert, über die Promenade, die Matjes, Vor- und Nachteile des Geschlechtsverkehrs – wie ihr über dieses Wort lachtet! – Betrunkener, bis du einschliefst, einfach so, ohne die Zustände, die eine Unbekannte neben dir hervorrufen kann. Als du nachts aufwachtest, lag Irina eingerollt neben dir, in Embyrostellung, die Rechte auf dein Becken gelegt, die Linke unter der Wange, der Mund halboffen. Was träumst du, dachtest du, wovon träumst du, Irina, und wie weit sind diese Träume von deiner Kindheit entfernt, als du Pionierin warst und Lenin helfen wolltest?

Dir fiel ein, wie sie einmal gemeint hatte, das also sei davon geblieben, was, hattest du gefragt, sie hatte mit dem Kopf auf ein Bild an der Wand gedeutet, das sei doch Marx, ja, hattest du gesagt, du verstündest sie nicht, du verstündest sie sehr wohl, hatte sie gesagt. Kaum dass du aufzustehen wagtest, um nichts in der Welt wolltest du sie wecken, und als du von der Toilette zurückkamst, legtest du dich spiegelverkehrt neben Irina, deinen Kopf an ihren Kopf, deine Linke auf ihr Becken und strichst ihr über die Wange, über die Stirn, mit Zeige- und Mittelfinger, ganz sanft, beinahe heimlich, dass sie es merke und nicht merke. Du küsstest sie auf die Nasenspitze, hörtest auf ihren Atem und passtest ihm deinen an.

Morgens standet ihr nebeneinander vor dem Badezimmerspiegel, lachend über das Surren der elektronischen Zahnbürsten, beim Rasieren beobachtetest du sie durch den Spiegel, ihre Silhouette hinter Milchglas, du musstest dich beherrschen, Irina nicht unter die Dusche zu folgen, es blieb auch keine Zeit, um Wasser in die Wanne zu lassen, du dachtest daran, wie du halbnackt auf dem Bett des Stundenhotels gesessen warst und in den spiegelnden Kacheln die Frau beobachtet hattest, die wenige Augenblicke später in Stilettos und Strapsen zu dir kam. Als du die Toilette nicht benutztest, fiel dir ein, wie Irina eines Tages auf deiner Toilette bei geöffneter Badezimmertür mit dir gesprochen hatte, als säße sie auf der Couch, und dir fiel ein, wie vertraut sie dir auf einmal war, indem sie so vertraulich mit dir sprach. Ob du Geschwister hättest, hatte sie wissen wollen, sie hätte eine Schwester, Familie sei gut. Du willst etwas sagen, räusperst dich, sagst es nicht.

»Ich will etwas tun«, sagt Irina, »ich will so nicht mehr leben.«

»Ich will auch nicht immer sprechen, was mir einer vorschreibt und ein anderer vorsagt. Ich will selbst schreiben.«

»Über mich?«

»Ich stelle mir das schön vor, ein Leben als Schreibtischtäter.«

»Ich hatte das anders gemeint.«

»Wie anders?«

»Menschen helfen, irgendetwas Sinnvolles, für Obdachlose kochen, Suppe ausschenken, nicht nur zu Weihnachten. Oder die ablaufenden Nahrungsmittel von den Supermärkten holen und verteilen, anstatt sie von der Müllabfuhr holen zu lassen. Wir haben schöne Leben, von außen betrachtet, glücklich sind wir nicht.«

»Wir?«

»Etwas fehlt.«

»Was?«

»Die einen laufen wie dämliche Gespenster durch die Gegend, halbtot, aber mit fetten Konten, und die anderen kämpfen Tag für Tag ums Überleben.«

»Du bist Kommunistin geblieben.«

»Ich bin Mensch geblieben, auch wenn es nicht so aussieht.«

»Vielleicht ist doch mehr geblieben als Orgasmus und verschwitzte Laken.«

»Hoffentlich. Obwohl«, sagt Irina und trinkt ihren Orangensaft aus, »wollen wir uns noch kurz hinlegen?«

Im Zimmer stehen zwei Koffer, ein kleiner neben einem großen schwarzen, es riecht nach Morgentoilette, du magst den Duft, den Irina dir geschenkt hat, du wirst an sie denken, wann immer du ihn aufträgst. Die Schiebetür zum Balkon steht einen Spaltbreit offen, die Sonne dringt durch die Baumkronen, draußen auf dem Meer, wo Wasser und Horizont ineinander verschwimmen, fährt ein Riesenschiff einem in die Höhe ragenden schwarzen Stift entgegen, ein Leuchtturm offenbar. Auf dem Schiff sind Menschen, im Leuchtturm wahrscheinlich nicht mehr, kleine Pünktchen schlendern oder laufen die Promenade entlang, auf den Werften wird gearbeitet, in den Lokalen gekocht und serviert und gegessen und getrunken, in den Verwaltungen eine Ordnung geschaffen, der du nie zugestimmt hast, in den Bib-

liotheken gelesen und exzerpiert, in den Geschäften eingeschlichtet, gekauft und abkassiert, in den Schulen unterrichtet, zu- und weggehört, in den Zimmern nebenan werden Betten überzogen und Badezimmer geputzt, Toiletten gereinigt und Minibars bestückt, auf den Straßen fahren Autos und Lastwagen, Taxis und Busse, in euch arbeitet etwas, das damit zu tun hat, und irgendetwas versucht zusammenzuhalten, was längst auseinandergedriftet ist.

Du schmiegst dich von hinten an Irina, die an der Brüstung steht, presst dich an sie, »Wer sind wir?«, fragt Irina, »Zwei sehr gesunde Verrückte«, antwortest du, »Die nur noch vom Ficken leben«, sagt Irina, »Immerhin«, sagst du, »zumindest diese Nähe«, du versuchst zu lachen, es klingt hohl. Irina dreht sich um, ihr Augenaufschlag bezaubert dich, und wenn sie von allem das Gegenteil gesagt hätte, würdest du trotzdem in diesem Moment nichts lieber tun, als mit ihr zu schlafen.

»Contenance, Seehund. Häng zuerst das Schild vor die Tür.«

Heute, in diesem anderen Leben, dieser anderen Zeit, in der ich beim Laufen im Wald einen Menschen sah, der im Wald lebt und von meinem Blick beschämt war, weiß ich mit größerer Sicherheit als zuvor, dass es die zweite Welt war, in der sie einander begegneten. Wenn sie an dem Tisch saßen, den ich immer vor mir sehen werde, zumindest so lange, wie ich mich erinnern kann, hatten sie einander nichts zu beweisen, waren ihnen die Rollen, die sie nun spielten, ebenso durchsichtig wie jene, die sie spielten, bevor sie einander auszogen, um in jenem Zustand in das Lokal zu kommen, in dem sie kamen – als wären sie nicht die, für die man sie halten mochte, als wäre da etwas, woran alle glaubten, ohne es zu kennen, das ihnen, durch welchen Zauber immer, bekannt wäre. Alles, was sie einander sagten, was sie mit wegwerfenden Handbewegungen besprachen, die kleinen wie die großen Worte, all das nebenbei Gesagte über Beziehungen, Kinder, Leben, Wünsche, Möglichkeiten und Unmöglichkeiten, sagte in Wirklichkeit nur eines: »Ich wäre mit dir, wäre die Welt nicht, wie sie ist.«

An dem Abend, als mich mein Verkleiden einmal mehr amüsierte, wurde mir auch bewusst, dass sie seit seiner Rückkehr öfter kamen als zuvor, auch öfter als an den schönen Tagen, wenn ich ihn bisweilen vor einem Café unter der Sonne sah und sie mir seufzend in ihrem Büro vorstellte, weil sie nichts lieber täte, als hinauszugehen, um die Sonne nicht nur durchs Fenster zu sehen. Wären es nur Lust, Anziehung, Hemmungslosigkeit gewesen, es wäre ihnen irgendwann langweilig geworden, die Intervalle des Wiedersehens länger, das Anstandsgetränk und die gutgemeinten Wortwechsel unnötig. Auf einmal wunderte ich mich darüber, dass es mich bislang nicht verwundert hatte, sie noch immer zu sehen, über Jahreszeiten hinweg, während viele, die sich mit Pauken und Trompeten verliebt hatten, längst getrennte Wege gingen.

Irinas Mutter war gestorben, ich hörte sie eines Abends darüber sprechen, gefasst, knapp und rührend zum Punkt, aber kaum Einzelheiten, bloß Versatzstücke, hin und wieder schnappte ich etwas auf, während der Löwe zuhörte, nickte, nachhakte, sie tröstete und selbst nicht zu wissen meinte, was er tun würde, stürbe sein Vater oder seine Mutter. Ich hörte etwas von einer Reise nach St. Petersburg, als er in der anderen Stadt gewesen sei und nicht von sich habe hören lassen, vom Wiedersehen mit Verwandten und Bekannten, die sie liebevoll karikierte, von einem Streit mit einem Onkel, der glaube, Frauen hätten nichts zu melden, und davon, dass ihre Schwester nicht zum Begräbnis gekommen sei.

Irgendetwas war geschehen, aber ich war zu beschäftigt und bekam nur mit, sie habe etwas überwunden und daher die Reise angetreten und sei längst nicht mehr sicher, ob sie St. Petersburg lieber habe als Leningrad. Dass sie nun vieles anders sehe, meinte sie und faltete die Hände über der Tischplatte, alles neu gemischt, sie wolle ihr Leben ändern, es sei nicht so viel Zeit, viel weniger, als man glaube, das Meiste sei nicht halb so wichtig, wie man sich vormache.

Der Löwe pflichtete ihr bei, ich konnte spüren, wie er seine Hand auf ihre legen, ihr über die Wangen, das Haar, den Nacken streichen wollte; allein er tat es nicht, sie hatten ihren Codex, dem sie sich wortlos und von Treffen zu Treffen verpflichtet hatten und der sie bisweilen gefangen zu halten schien. Sie fehle ihr so, sagte Irina, sie habe ihr so vieles nicht gesagt, sie so vieles nicht gefragt, dass es mir hinter der Theke beim Einschlichten der Gläser in die Spülmaschine Tränen in die Augen trieb, bevor sie sich einen Ruck gab und das Thema wechselte. Ob er viel trinke, wollte sie wissen, sie glaube das nämlich, er solle besser auf sich Acht geben. »Nein«, sagte der Löwe, ich spitzte die Ohren und bemerkte, dass ich meinen Kopf wiegte, »manchmal.«

Am Ende, als ich nicht mehr konnte, auch wenn

sie am Telefon im Kokain- und Weinwahn mit Rasierklingen und aufgeschlitzten Pulsadern drohte, sprach Kristina auf einmal von ihrer Mutter; die sei doch tot, sagte ich, nein, antwortete sie, die lebe, in ihr sei sie tot.

Vielleicht war es eine Verrücktheit, wahrscheinlich das Normalste von der Welt, aber das war das Wort, das sie gebrauchten, um zu besprechen, was sie an dem letzten Abend besiegelten, an dem ich sie gemeinsam sah. Da saßen sie, an dem erhöhten Ecktisch, an dem sie für mich sitzen werden, bis es ihn oder mich nicht mehr gibt, der Löwe und die Wildkatze, er mit Bier und Filetspitzen, sie mit einem Fläschchen Bitter Lemon und einem Glas, kurz vor Mitternacht oder kurz danach.

Es war Ende Oktober, vor dem Lokal standen keine Tische und keine Stühle mehr, die Tage wurden kürzer, wenn die Sonne schien, tat sie es noch einmal mit einer Kraft, die von Tag zu Tag abnahm, scharfe Herbstschatten, kalte Morgen, die Atemwölkchen aus Mündern trieben. Er trug blaue Jeans und ein braunes Sakko, sie einen halblangen grauen Rock und einen dünnen, eng anliegenden bordeauxroten Pullover, dem ich widerstandsfähige Fasern wünschte, als sie sich streckte, um die Haare auf dem Hinterkopf zusammenzubinden. Sie hatte braune Wildlederstiefel an, und noch heute, am offenen Fenster, der Wind weht eine Seebrise ins Zimmer, von der Bootsanlegestelle kommen Stimmen, die Haubentaucher lassen sich auf dem Wasser treiben, ehe sie unvermutet kopfüber untertauchen, wundert mich, dass nicht einmal jemand kam und der Dame ein Getränk ihrer Wahl anzubieten wagte.

Sie waren wieder gelassen wie vor der Trennung, er lehnte an der Wand, sie saß aufrecht auf ihrem Stuhl, sie blickten einander in die Augen, während sie über die Verrücktheit sprachen, in die sie sich mittlerweile so weit hineingeredet hatten, dass es kein Zurück zu geben schien, ohne das Gesicht zu verlieren. Ich hörte die Worte *Meer* und *Wochenende* und *eine Nacht* und kann sie mir nicht anders als damit erklären, dass Irina ihren Mann erwähnt haben musste, der übers Wochenende fort sei. Ob sie etwas unternehmen wollten, einmal etwas anderes als vögeln und in ein Lokal gehen und ein wenig plaudern?

»Lass uns verreisen«, sagte der Löwe, »ans Meer, für eine Nacht, ich war seit Ewigkeiten nicht am Meer«.

»Du bist verrückt.«

»Natürlich, aber du um nichts weniger.«

Vielleicht sagte Irina, sie kennten einander doch gar nicht, vielleicht antwortete er, davon alles andere als überzeugt zu sein, vielleicht sprach sie von den Strapazen eines Hin- und eines Rückfluges für eine einzige Nacht, vielleicht sprach er von einem Test für ihre Beziehung, um das Wort gleich darauf wieder lachend wegzuwischen, vielleicht scherzte sie, sie habe Angst, dass er schnarche, schnarchende Männer halte sie nicht aus. Vielleicht war alles auch ganz anders, möglich, dass sie gar nicht lange diskutierten, dass jeder für sich überlegte, ob das gut sei und was dabei herauskäme, wenn sie gemeinsam etwas unternähmen, in einem Bett schliefen, einander morgens beim Frühstück gegenübersäßen. Das Lokal war gut besucht, ein Rosenverkäufer ging von Tisch zu Tisch, Julia hatte mir eine verstörende Kurznachricht geschickt, ich nahm eine Bestellung am Nebentisch auf, der Löwe sagte »Also?« und Irina »Ja«, er streckte ihr seine Hand entgegen, sie schüttelte sie.

»Wehe, du kommst nicht.«

»Was ist dann?«

»Dann werde ich dich furchtbar bestrafen müssen.«

»Ich fürchte mich jetzt schon«, sagte Irina und blies sich eine Strähne aus der Stirn. Er überlegte kurz, bevor er meinte, genau das sei ja das Problem.

Mit demselben kurzen Nicken, mit dem er mich ein ums andere Mal zum Zahlen gerufen hatte, bat er um die Rechnung, ich brachte sie, der Löwe bezahlte, das Trinkgeld war gut wie immer. Wie immer: Alles war wie immer, ihre Blicke, ihr Auftreten, die Blicke der anderen, ihr gemeinsames Glucksen und Lachen, ihr ununterbrochenes Gespräch, die Beiläufigkeit ihres Zusammenseins, die mich so berührte. Der Löwe half Irina in den Mantel, ich wünschte beiden einen schönen Abend, er hielt ihr die Tür auf, berührte sie leicht an der Schulter, als wollte er sie irgendwohin schieben, und begleitete sie zu ihrem Luxusschlitten. Ich stand hinter der Bar und blickte durch die verglaste Tür ins Freie, ihr Mercedes kam die Straße entlanggebraust, schwarz glänzend wie immer, ich sah Irina im Profil, die Linke auf dem Lenkrad, die hohen Wangenknochen, das weiße Gesicht mit einem leichten Blaustich unter der schwarzen Haarumrandung, die vollen glänzenden Lippen, das leicht nach oben gereckte Kinn, ich hörte den Bass, das Vibrieren der Türen und sah beide in ihre jeweiligen Leben zurückkehren. Alles war wie immer, der Wagen, die Zeit, Irina, der Löwe, der um diese Zeit und in diese Richtung nicht auf dem Beifahrersitz saß, ich, der ich nicht an Kristina denken wollte und Julia anrufen würde.

Wie immer freute ich mich auf ihren nächsten Besuch. Ich sollte sie nie wieder gemeinsam bedienen.

In einem Linienbus fahrt ihr Richtung Flughafen, durch Kleinstädte, in die ihr wahrscheinlich euer Leben lang nicht mehr kommen werdet, in denen es wahrscheinlich auch nichts zu entdecken gibt. Die Trostlosigkeit der Provinz mit ihren immer gleichen Einkaufszentren an den Rändern, den immer gleichen Geschäften, den immer gleichen Riesenparkplätzen, der immer gleichen Architektur, hässlich und lieblos, aber wer hätte bei Kapitalismus von Liebe gesprochen. Auf der Autobahn unterhaltet ihr euch über die Fische in den Aquarien, über den Namen Steinputzer, über Seehunde, die irgendetwas im Menschen berühren. Irina will wissen, welches Tier du gern wärst, Löwe, meinst du, sei schon gut, Tiger allerdings besser, weil eleganter, nicht so aufgeplustert, du hättest lachen müssen, als sie dich damals im Auto Löwe genannt habe, deine letzten beiden Freundinnen hätten dich – unabhängig voneinander Tiger genannt, Irina vollendet den Satz, du kommst dir fadenscheinig vor, sagst unvermittelt, schöne Menschen hätten es leichter, insgesamt, Irina überlegt einen Moment, ehe sie Nein sagt, das könne man so nicht sagen. Welches Tier sie am liebsten wäre? Eine Gepardin, sagt Irina, Geparden hätten sie immer am meisten fasziniert, so schnell und geschmeidig, hier, auf der Autobahn, könnte ein Gepard mühelos den Bus überholen. Eichhörnchen, sagst du, hättest du auch gern, die holten sich ihre Nüsse und verschwänden damit im Gebüsch, possierliche Tierchen mit buschigen Schwänzen, sehr sympathisch, wirklich. »Aber eigentlich sehen wir uns als Raubtiere«, sagt Irina und wiegt ihren Kopf, »interessant.« Sie zwickt dich in die Hüfte, Hamburg kommt immer näher, draußen wird es dunkel.

Am Flughafen sitzt ihr bei McDonald's, um euch zu beweisen, dass es nicht immer feine Restaurants und Kellner in Anzügen sein müssen, dann trinkt ihr Kaffee an einer Theke, die auf beinahe jedem Flughafen der Erde so aussehen könnte, das Gespräch ist Blicken gewichen, Reisende, allein und in Gruppen, leise Menschen, kaum ein Lachen. Nur Frankfurt sei schlimmer, sagst du, all die Männchen in ihren grauen Anzügen, die ständig online seien, Laptoptastaturen bearbeiteten, telefonierten und Nachrichten verschickten, um sich ihrer Unentbehrlichkeit zu vergewissern, während einem jeden die Angst vorm Platzen der nächsten Blase in Gesicht und Körper geschrieben sei. Unbehelligt gelangt ihr durch die Sicherheitskontrolle, zu Irina ist man generell freundlicher, vor allem Männer sind übertrieben freundlich zu ihr, nicht, dass dich das störte. Ihre Absätze klacken auf dem Boden, verstohlene Blicke, du erntest anerkennende und eifersüchtige, nichts dazwischen. Die zweite Welt ist eure Welt, das muss zu spüren sein, zu sehen, und wie zur Bestätigung fragt Irina, ob da irgendwo »gut gefickt« auf ihrer Stirn stehe.

Auf einmal ist dir, als würdest du den Menschen ansehen, ob sie Sex haben oder nicht, ob der gut oder langweilig sei, und du schmunzelst über den Gedanken, dass die feine Dame dir gegenüber, die unentwegt mit langen, matt glänzenden Fingernägeln die Tasten ihres Laptops traktiert und aussieht wie eine, die jemanden erst ernst nehme, wenn er mindestens so gut wie sie verdiene, sich in der zweiten Welt fesseln und auspeitschen lasse, von mehreren fremden Riesenschwänzen auf einmal träume, von Männern, die sich einfach nähmen, was sie wollten, und dass der elegante Herr nebenan, der von den Börsenkursen seiner Zeitung nur aufblickt, um nach Irina zu schielen, sich abends auf einem Bett von einer in Leder Gekleideten in den Mund pissen lasse, bevor sie sich einen Dildo umschnalle, um seinen Arsch zu ficken, und dass die Studentin mit ihrem Bürgerlichen Gesetzbuch zwei Reihen weiter das vielleicht mit Vergnügen täte, und dass der Mann mit dem Aktenkoffer, der immer noch wegen eines Millionenauftrags laut in sein Telefon spricht und durch die Schleuse Richtung Flugzeug schreitet, zweimal jährlich in ein armes warmes Land fliege, um sich von zwanzigjährigen Mädchen, die mit seinem Geld ihre Familien über die nächste Runde bringen, sagen zu lassen, sie hüpften mit niemandem so gern ins Bett wie mit ihm. Dann komme er nach Hause, sagt Irina, und eine runzlige Kröte liege im Bett, und wenn er in der Mittagspause statt zum kleinen Italiener ums Eck mit der Sekretärin im Hotel verschwinde, errege und bestätige ihn die Vorstellung, dass sie für ein bescheidenes Gehalt und einen Arbeitsplatz den Rock hebe, und abends erzähle er beim Geschäftsessen den Witz von der Samenbank, in der ein Maskierter die Angestellte zwinge, ein Reagenzglas nach dem anderen zu öffnen und auszutrinken, bevor er sich die

Maske vom Gesicht reiße und brülle: »Na, siehst du, und zuhause geht's nicht?«

Es erstaune sie immer noch, flüstert Irina, als dürfe man das *nicht hören, dass man auf einmal zehntausend Meter über der Erde sei, über den Wolken, diese bizarren Luftlandschaften, mit nichts und allem zu vergleichen, geradewegs durchs Blau oder Grau oder Blaugrau, in eisiger Höhe, einfach so, mit anderen Ideen auf einmal, einem anderen Blick, plötzlich ganz klar und viel näher bei sich, der weitere Weg unumstößlich vor einem bis zur Landung, bis zum Aufprall in den Kompromiss, der immer auch beschäme, und ihre Urgroßeltern hätten all das für unmöglich gehalten. Du sitzt am Fenster, sie beugt sich über dich, was dich unheimlich erregt, »Contenance, Löwe«, sagt sie, »wir sind brave Bürger«, du fasst ihr kurz, wie unbeabsichtigt, an den Busen, Irina lächelt und lehnt sich wieder in ihren Sitz. Jetzt müsstet ihr noch Tomatensaft trinken, sagt sie, mit Pfeffer, nirgendwo trinke man Tomatensaft, nie komme man auf die Idee, Tomatensaft zu bestellen, im Flugzeug schon. Die Stewardess bemüht sich um ein Lächeln, als Irina bestellt, die ihr ein gutes Trinkgeld geben will, das die Stewardess wiederum zurückweist, sie dürfe das nicht annehmen. »Schön war's«, sagt Irina und stößt ihren Plastikbecher gegen deinen. »Geht so«, sagst du, dann lacht ihr beide.*

Am Flughafen kommen eure Koffer früh vom Förderband, vor dem Ausgang wartet niemand mit einem Schild auf euch, was sollte schon darauf stehen? Vielleicht wäre noch etwas zu sagen, vielleicht auch nicht. Irina ist seit der Landung mit ihrem Mobiltelefon beschäftigt, um ebenfalls geschäftig zu erscheinen, blickst du zum ersten Mal seit dem Abflug auf deines, ihr habt euer Tempo beschleunigt, gleich nach dem Aussteigen rasche, bestimmte Schritte, als müsstet ihr so schnell wie irgend möglich weiter, ins Leben, in die Geschäfte, ins Anbieten und Inanspruchnehmen, ins Kaufen und Verkaufen, ins Konsumieren und Nicht-Genießen, als wäre jetzt die Wirklichkeit mit dem tatsächlich Wichtigen hereingebrochen, kein Innehalten, kein Zögern, ein anderer Schwung, eine andere Geschwindigkeit, eine andere Zeit. »Ich muss mich beeilen«, sagt Irina, »jetzt.« Sie küsst dich flüchtig auf den Mund. »Ich nehme ein Taxi.«

»Ich muss mich auch beeilen«, sagst du, obwohl es nicht stimmt, »ich nehme die Schnellbahn.« Irina

zieht ihren großen schwarzen Koffer hinter sich her, den Rücken durchgedrückt, das Kinn leicht nach oben gereckt, ihre Absätze hallen auf dem glatten Boden wider, das Haar auf dem Hinterkopf zusammengebunden, die Tür geht von selbst auf, sie hebt den Arm, ein weißer Mercedes mit gelbem Schild auf dem Dach hält vor ihr, ein dicklicher Araber steigt aus, nimmt ihren Koffer, Irina verschwindet aus dem Bild. Du trittst ins Freie, rauchst neben zwei Sicherheitsmännern eine Zigarette, dann stehst du vor dem Aufzug, drückst einen Knopf, die Stahlseile spannen sich, die Kabine wird aus der Tiefe gezogen, du nimmst dein Mobiltelefon aus der Tasche, zögerst kurz, Türen öffnen sich, du steckst es wieder ein.

II

INTIME FREMDE

Heute kann ich nicht mehr mit Bestimmtheit sagen, ob ich deinetwegen meine Stelle verlor oder du bloß Auslöser warst für das, was an dem Tag geschah, an dem mir der Koch einen Zeitungsartikel unter die Nase hielt und »Keine unbonierten Vorspeisenplatten mehr für deine Silikonrussin« sagte. Ich habe eine vage Erinnerung an ein stupides Grinsen, an ein abgeschmacktes Augenzwinkern, an seine hässlichen, schiefen Zähne und den grauenhaften Dialekt, an das hämische Wiegen seines fleischigen Kopfes, als wäre etwas passiert, das nicht hätte passieren sollen, aber unweigerlich passieren musste. Er war keiner, der mit den Augen eines anderen sehen konnte.

Ich weiß nur mehr, dass ich den Artikel las, wenn *lesen* das treffende Wort wäre, und die Fotos von dir mit den dummdreisten Unterschriften sah, wenn *sehen* das treffende Wort wäre, und sich irgendetwas in mir umlegte. Seither verstehe ich, was das heißt, wenn Sicherungen durchbrennen oder Gäule mit einem durchgehen, wenn man ausrastet und nicht mehr ganz allein ist. Ich erinnere mich nicht mehr, ob ich die Zeitung beiseite legte oder zu Boden fallen ließ, ob ich sie nach dem Koch schmiss oder zerriss, ich kann mich keiner Emotion entsinnen, da ist nichts, nur eine große Lücke, alles ausgelöscht und verschwunden und von mir oder der Zeit oder dem anderen von mir verschluckt. Man hat es mir auch später nicht genauer erzählt, wahrscheinlich war ich auf einmal jemand, von dem man lieber Abstand nimmt, jemand, mit dem man kein Bier trinkt und keine Geheimnisse teilt, jemand, der den ungeschriebenen Pakt des allumfassenden Zynismus aufgekündigt hat, ein Mensch, dem man auf einmal alles zutraut, und in Wirklichkeit habe ich von dem, was mir entfallen ist, erst Wochen später und in reichlich merkwürdigen Worten erfahren.

Selbst vor Gericht konnte ich mich bloß an jenen Moment erinnern, an dem der zweite Kellner zur

Tür hereingestürzt kam, mich rüttelte und schüttelte und mehrere Male hintereinander meinen Namen brüllte, »Valentin! Valentin! Verdammt noch mal! Valentin!«, als wollte er *mich* wiederbeleben, damit auch ich den Koch blutend und wimmernd auf dem Boden liegen sähe. Mich schockierte nicht, was ich im Gerichtssaal zu hören bekam, dass ich mich umgedreht, Schürze und Hemd gegen meine Kleidung eingetauscht und mich einfach aus dem Staub gemacht hätte, nicht im Mindesten, er hatte es verdient und war mit einer gebrochenen Nase und *erlittener schwerer Körperverletzung* mehr als glimpflich davongekommen, einer wie er kommt in einer Welt wie der unseren immer glimpflich davon.

Während der Verhandlung, neben dem Ankläger, der ein Monster aus mir zu machen versuchte, blickte er mich hasserfüllt an, ich lächelte beide abwechselnd milde und vergebend an, in etwa so, wie du Männer anlächeltest, die deine Aufmerksamkeit erregen wollten. Wortlos muss ich ihn niedergeschlagen haben, will man den Aussagen des Zeugen trauen, und es besteht kein Grund ihm zu misstrauen, wie bei einer ernsten Arbeit, Schlag für Schlag, mechanisch, exakt, ohne Schreie, ohne Verwünschungen, ohne Erklärungen, ja nicht einmal mit besonderen Regungen im Gesicht – sorgfältig und dezent, gewissenhaft und mit Nachdruck, bis mein Kollege kam, um, wie es hieß, das Schlimmste zu verhindern. Das Schlimmste aber, denke ich noch heute, viele Kilometer entfernt, der See ist kalt, die Vögel sind im Süden, die Bäume kahl, vor mir steht eine Tasse Glückstee, ist die Geistesverfassung eines Menschen wie des Kochs, den ich misshandelt habe, wie es heißt, dessen Körper und Seele ich in Mitleidenschaft gezogen haben soll, *ich*!

Die aufgesetzte Freundschaft, die Oberflächlichkeit des Trinkens und Lügengeschichtenauftischens, die Notwendigkeit, den Mund unter Menschen aufzutun und seinen Senf dazuzugeben, süß oder scharf, jedenfalls dazugeben, um nicht als schwermütig zu gelten, hatten sich auf einmal, ich kann es mir nicht anders erklären, als fadenscheinig erwiesen. All die stumpfsinnigen Witze, all die haltlosen Behauptungen und abstrusen Verdächtigungen, all die nachgeplapperten Gemeinheiten und kruden Verschwörungstheorien, all die in Scherze verpackten Gehässigkeiten dem Rosenverkäufer gegenüber, all die abgeschmackten Bemerkungen über Zeitungsverkäufer und Obdachlose, ganz zu schweigen von den unerträglichen Witzen, über die ich bisweilen lachte, um nicht immer der Spaßverderber zu sein – all das explodierte in dem Moment, in dem er deinen Tod mit dem dümmsten aller Sätze kommentierte. Das war der Tag, an dem ich die Welt am Klarsten zu sehen meinte.

Am Anfang eurer Geschichte, damals, an diesem einen Abend, an diesem einen Tag, in diesem einen Jahr, stand ein Mann, den du eine Viertelstunde später *Löwe* nennen solltest, im Regen vor dem Café, das du ihm genannt hattest, eine Zigarette in der linken, einen Regenschirm in der rechten Hand, als sein Telefon läutete. Er klemmte die Schirmstange zwischen Schulter und Wange, holte Luft und räusperte sich, nach dem vierten Klingeln hob er ab.

»Bist du schon da?«, fragtest du.

»Ja.«

»Ich hole dich ab.«

Während du einen Parkplatz suchtest, blickte er auf die neugotische Kirche gegenüber, auf die Regentropfen im Fassadenlicht, auf den nassen Park, auf die Umrisse der Universität, auf die vorbeiratternden Straßenbahnen, auf Schirme, Taschen und Plastikhüllen über kleinen und großen Köpfen. Er hörte das Prasseln auf dem Asphalt, die schnellen Scheibenwischer der Wagen, die Stimmen aus dem Inneren, wenn sich die Tür zum Café öffnete und gleich wieder schloss. Er ließ die Zigarette fallen, die mit einem kurzen Zischen erlosch, schob sich einen Kaugummi in den Mund und trat von einem Bein aufs andere. Ihr hattet Kurznachrichten ausgetauscht, immer wieder, einmal warst du in einer fernen Stadt gewesen, dann er, weshalb du ihn zu schwierig genannt hattest, was er keineswegs auf sich hatte sitzen lassen wollen. Er hatte ein kleines Foto gesehen, auf dem nicht viel von dir zu erkennen war, im Grunde so gut wie nichts, allein der Hochmut, der aus deinen knappen Zeilen sprach, hatte ihn angezogen. Aus den Augenwinkeln blickte er jede Frau an; meist hoffte er, es handele sich nicht um dich.

Du kamst von links, eine hügelige Gasse hinauf, schwarzer Rock, schwarze Strümpfe, schwarze Jacke, schwarze Schuhe mit Bleistiftabsätzen, im Kopf einen Plan, der dir vielleicht selbst nicht ganz geheuer war. Den Regenschirm hattest du vor das Gesicht gehalten; als du ihn lüpftest, war er dir ausgeliefert. Er schwor sich, es dich nicht merken zu lassen, lächelte und zog die Brauen in die Höhe.

»Gehen wir ins Auto«, sagtest du. »Da können wir besser reden.«

Deine Stimme war tief, du sprachst schnell, ein leichter slawischer Akzent, ihr gingt wortlos nebeneinander, wicht den Autos und den Fontänen aus, wenn Reifen durch Pfützen fuhren, deine Absätze auf dem Kopfsteinpflaster, schnelle Schritte, verstohlene Blicke zur Seite. Du drücktest einen Knopf, Schlösser klickten, stiegst in deinen Wagen, er setzte sich auf den Beifahrersitz, lehnte sich weit zurück, als wäre er dutzende Male neben dir gesessen, und begann zu reden, als ob ihr einander seit Ewigkeiten kennen würdet. Innen war alles aus Leder, die Überzüge, die Armaturen, es roch nach deinem Parfüm, im halblaut gestellten Radio sang eine, sie werde überleben, so lange sie zu leben wisse, du sangst leise in dir mit. Du drücktest noch einmal einen Knopf, um die Türen zu verriegeln, stecktest den Schlüssel in die Zündung, schütteltest etwas Nässe aus dem Haar, strichst eine Strähne aus dem Gesicht und drehtest dich zu ihm.

Vielleicht spracht ihr an dem Abend, an dem du wütend warst wie nie zuvor, über die plötzliche Enge im Wagen, über die kurze Stille, die du mit vielen Worten auszufüllen versuchtest, wie du insgesamt eine merkwürdige Scheu vor Stille zu haben schienst, über die bald beschlagenen Scheiben, die euch lachen ließen. (»He, Löwe, wenn die Polizei kommt.« – »Die Scheiben.« – »Was, die Scheiben?« – »Man sieht nichts.«) Ich weiß nicht, ob er auf die Geschichte kommen wollte, um dich zu besänftigen und zurückzuführen zum Eigentlichen, zu dem, was er für das Eigentliche hielt, bloß hattest du alles andere vor, als dich besänftigen zu lassen, am wenigsten von ihm. Unzählige Male hattet ihr darüber gescherzt und die Köpfe geschüttelt, immer wieder gestaunt, als würdet ihr über andere sprechen, ein ums andere Mal hattest du wissen wollen, ob du das tatsächlich gesagt hättest, ein ums andere Mal hatte er es wiederholen und schwören müssen, dass du das gesagt hättest, um dich über die staunen zu lassen, die du auch sein konntest und so lange schon nicht mehr warst.

»Lass das«, zischtest du im Stiegenhaus, als er dir von hinten an den Po fasste, so entschieden, dass er sofort seine Hand zurückzog und ein paar Schritte hinter dir blieb. Hielt er dich für bescheuert? Wofür hielt er sich eigentlich? Du wolltest dich nicht ärgern, und doch bekamst du kaum Luft, hättest ihn am liebsten geschlagen, getreten, angebrüllt. Du beschleunigtest deinen Schritt, er öffnete die Tür, du gingst schnurstracks ins Wohnzimmer, setztest dich auf die Couch, die Beine übereinandergeschlagen, die Miene unbewegt, den Kaffee lehntest du mit ebenso beiläufigem wie energischem Kopfschütteln ab.

»Setz dich«, sagtest du, »ich zeig dir jetzt die Rote Karte.«

Er sagte nichts, legte nur den Kopf schief, kniff die Augen zusammen, griff nach seinen Zigaretten und nahm dir gegenüber Platz. Vielleicht fiel dir ein, wie du zum ersten Mal in seine Wohnung gekommen warst und einen Ausweis zu sehen verlangt hattest, ob eine Versicherungskarte genüge, hatte er gefragt, du hattest ein Lachen unterdrückt, Blutspenderausweis finde er gerade keinen, Kreditkarte, hattest du gesagt, eine Kreditkarte reiche. Du wolltest an nichts Gemeinsames denken, zu allerletzt daran, wie du damals die Espressotassen vertauscht hattest, als er wegzusehen schien, worauf er dich eine Stunde später grinsend, beinahe überlegen angesprochen hatte; man könne nie wissen, hattest du gesagt, als Frau, und er hatte sich nach hinten sinken lassen, die Augen geschlossen und nach Luft japsend gesagt, wahrscheinlich sei es deswegen, dass er sich schon ganz, so müde, irgendwie, – und du warst aufgestanden, ins Badezimmer gegangen und hattest über die Schulter gerufen, er solle sich ausziehen und ins Bett legen, bevor er das Bewusstsein verliere.

»Candida albicans *und* Chlamydien«, sagtest du, nicht laut, beinahe flüsternd, gerade so, als müsstest du an dem Ort flüstern, an dem du gern »Hallo, liebe Nachbarn!« gerufen, aus dem Fenster gewinkt und die Jalousien heruntergezogen hattest, »blödes Schwein, musst deinen Schwanz in jede dreckige Fotze stecken.«

»Aber«, sagte er und suchte deinen Blick.

»Nichts aber«, sagtest du, ob ihr nicht einen Pakt geschlossen hättet, ob er dir nicht versprochen habe, keine andere ohne Gummi zu ficken, ob es nicht so etwas wie unausgesprochenes Vertrauen gebe, was für ein Kretin er eigentlich sei? Du warst in der Mittagspause beim Frauenarzt gewesen, vom Stuhl im Ordinationszimmer aus hattest du ihn angerufen, der Arzt hatte sich geräuspert und beiseite gedreht, als hörte er damit nicht, was und wie du es sagtest.

»Scheiße«, sagte er, fuhr sich durchs Haar, zog an seiner Zigarette und beugte sich in deine Richtung, »ich habe mit keiner anderen ohne Gummi geschlafen, Irina, ich habe mit gar keiner anderen geschlafen, seit einiger Zeit nicht mehr.« Er nahm einen tiefen Zug, sah dir in die Augen, du wandtest deinen Blick ab und schütteltest den Kopf. Vielleicht habe er das schon länger, vielleicht sei es aus der Sauna, vom Dampfbad, vielleicht komme es auch gar nicht –

Ob er dich beleidigen wolle, sagtest du, deine Stimme brach, ob er nicht mehr bei Trost sei, du gingest regelmäßig zum Frauenarzt, wie du regelmäßig zu allen möglichen Ärzten gingest, er wisse doch, wie du da seist, außerdem könne man den Pilz im Dampfbad bekommen, Chlamydien aber nicht, und daher glaube sie auch an keinen Pilz aus dem Dampfbad. Ja, sagte er, einverstanden, aber was, wenn alles so wäre, so sei, wie er gesagt habe? Dein Mann, fragtest du und blicktest ihm in die Augen, wie du das deinem Mann erklären solltest, der in diesen Angelegenheiten nicht anders als du seist, ständig zum Arzt laufe, weil sein Vater an Prostatakrebs gestorben sei?

»Dreh es um«, sagte er, »bezichtige ihn.« Er werde dir nicht glauben, antwortetest du, auch darum laufe er ständig zum Arzt, weil er dir misstraue, aber es gehe gar nicht um dich, es gehe um ihn.

»Idiot, wenn du mich hast, *hattest,* warum musst du andere vögeln?«

Erstens, sagte er ganz langsam, jedem Wort nachhorchend, zur Wiederholung, habe er mit keiner anderen ohne Kondom gevögelt, ob du ihn hörtest, und zweitens sei er mindestens so erschrocken wie du, allein der Name, *candida albicans*, schrecklich, er möge ja Pilze, vor allem gebacken, aber – du hobst nur kurz die Hand, er schwieg.

Er stand auf, setzte sich neben dich und sah dich an, wie er dich noch nie angesehen hatte, verunsichert, verzagt, um Worte ringend. Auf einmal war seine ansonsten so feste Stimme brüchig, als wäre er bis jetzt auf der Bühne gestanden und stellte auf einmal fest, dass gerade der Mensch, auf den es ihm ankomme, von seiner Vorstellung alles andere als überzeugt sei. Du wusstest nicht, was du glauben solltest und was nicht, vor wenigen Stunden hattest du ihm kein Wort mehr abnehmen wollen, niemals, aber jetzt, wie er ratlos dasaß, sahst du alles wieder anders, du drehtest dich weg, wandtest ihm die Schulter zu, er strich dir über den Nacken, du ließest ihn gewähren. Oder spielte er gerade jetzt?

Andererseits, sagte er nach einer Weile, wie auch immer der Pilz in euch gekommen sei, jetzt könne man nichts mehr tun, er zog die Achseln hoch, vor allem könne man sich jetzt nicht mehr anstecken. Er gehe morgen zum Arzt, aber heute, hier und jetzt –

»Geht's dir noch gut«, sagtest du, »wofür hältst du mich eigentlich?«

Wie immer begleitete er dich zum Auto, durchs Stiegenhaus, vorbei an fremden Türen und fremden Postkästen im Parterre, hinaus auf die Straße, unter den matten Schein der Laternen, wo dein Wagen geparkt war. Nur diesmal lachte er nicht, grinste nicht, scherzte nicht wie üblich, piekste dich nicht in den Hintern, du stelltest ihm keine Frage, flüstertest nicht, wie erleichtert du seist, der Kettensäge abermals nicht zum Opfer gefallen zu sein, er erwiderte nicht, ihr wärt nun auf dem Weg in den Keller. Stumm gingst du neben ihm, den Blick abgewandt, irritiert darüber, dass er dich vorher, als du dich immer weiter in Rage geredet hattest, gefragt hatte, was das heiße. Es war aus dir gekommen, einfach so, du hattest in deiner Muttersprache mit ihm gesprochen, jetzt ärgertest du dich unbändig, gesagt zu haben, was du gesagt hattest, auch wenn er es nicht verstanden hatte. Als du dich schweigend hinters Steuer setztest, die Tür zuschlugst, ohne ihn zu küssen, ohne ihn zu grüßen, fragte er zögerlich, nachdem du das Fenster einen Spaltbreit hinuntergelassen hattest, ob ihr einander wiedersehen würdet?

»Kann ich mir nicht vorstellen«, sagtest du und warfst den Motor an, »du bist für mich gestorben.«

Wahrscheinlich war es dieses »Du bist für mich gestorben«, das ich als Erstes zu sehen meinte, als er, nachdem ich dich im Wagen an dem Lokal vorbeirauschen gesehen hatte, zur Tür hereinkam, mit leiser Stimme einen guten Abend wünschte und sich an die Theke stellte. Ich begrüßte ihn, er nickte, bestellte Rotwein und nahm auf einem Barhocker Platz, eurem Ecktisch den Rücken zugewandt. Während er Wein trank, Oliven aß und mit Wasser nachspülte, hatte er seinen Blick unentwegt auf sein Mobiltelefon auf dem Tresen gerichtet, klopfte mit dem Zeigefinger auf das Holz und wiegte langsam den Kopf. Als er das zweite Glas beinahe ausgetrunken hatte, nahm er das Telefon, tippte eine Nachricht, überflog das Geschriebene noch einmal und einmal noch, ehe er es abschickte und seine Zigarette im Aschenbecher ausdrückte, als hätte sie ihm etwas getan. Er leerte das Glas mit einem Schluck, sah sich in dem Lokal um, das italienisch und französisch und auf jeden Fall gediegen sein wollte, griff alle Augenblicke nach dem Telefon, tippte auf dem Bildschirm herum, betrachtete Bilder, zoomte in sie hinein, schüttelte den Kopf oder lächelte halbverklärt, um es bald wieder von sich zu schieben und doch auf nichts anderes fixiert zu bleiben. Als das dritte Glas zur Hälfte leer war, piepste es, er griff nach dem Telefon, atmete tief durch, las, was es zu lesen gab, schüttelte den Kopf und schob es beiseite.

»Ich bin ein Vollidiot.«

»Wie bitte?«, fragte ich, als hätte ich ihn nicht beobachtet und nichts gehört, während ich Gläser polierte und einschlichtete und nicht an Kristina zu denken versuchte.

»Dass ich ein Vollidiot bin, habe ich gesagt.«

Das könne ich schwer beurteilen, hätte ich sagen wollen, konnte und wollte es aber nicht, nicht in diesem Lokal, nicht in diesem Kostüm, nicht zu dieser Zeit. Ich polierte das letzte Glas, stellte es zu den anderen und machte ein paar Schritte auf ihn zu, zwischen uns der Tresen, die Gläser, ein Stapel Magazine und Zeitungen.

»Ich glaube, ich habe sie verloren.«

»Wen?«

»Wen wohl?«

Er verdrehte die Augen, blähte die Backen, ich presste die Lippen aufeinander. Ich weiß nicht mehr, was ich fühlte, wusste es auch damals nicht. Erleichterung? Triumph? Schadenfreude? Mitleid? Von allem etwas? Auf einmal schien die Luft aus ihm entwichen, die Partnerin fehlte, mit der er spielen konnte, er war dabei, ein anderer, vom Spielplan genommen, vielleicht umbesetzt zu werden. Er fuhr sich durchs Haar, kratzte sich am Hals, unterm Kinn, knetete mit Daumen und Zeigefinger seinen Unterkiefer, als wollte er sich überzeugen, noch da, noch er selbst zu sein.

»Hast du oft an sie gedacht?«

Er blickte mir geradewegs in die Augen, nicht angriffslustig, nicht aggressiv, am ehesten neugierig; allein das plötzliche Du und die Frage, die so harmlos daherkam, ließen mich stutzen.

»Wie bitte?«

»Beim Masturbieren, mein Gott, beim Wichsen.«

Am liebsten hätte ich ihn geschlagen, nur einmal, mit der flachen Hand fest auf die Wange, eine Ohrfeige, schön rot und reif, ihm zumindest den Wein und das Wasser über den Kopf geschüttet, in etwa so, wie mir Julia ein paar Wochen zuvor spätnachts in einer Bar Wasser über den Kopf geschüttet hatte. Wenn es ihr dadurch besser gehe, hatte ich gesagt und ihr mein Wasserglas langsam über den Tisch geschoben, könne sie auch das noch verwenden. Man hatte sich nach uns umgedreht, ich hatte entschuldigend die Arme gehoben und gesagt, ich sei ihr zu klein.

»Man stellt sich oft jemanden vor. Irgendeine Frau, die man in einem Geschäft, einem Lokal, im Zug sieht. In der U-Bahn, im Museum, auf der Straße. Und aus irgendeinem Grund, weil man feig ist, weil sie vergeben ist, weil man für sie nicht in Frage kommt, ist sie entzogen. Man schläft mit einer Frau und denkt an eine andere. Man masturbiert und denkt an eine, mit der man nie im Bett war. Man denkt nie an die, mit der man zur Zeit im Bett ist. Mit ihr war's anders. Sie glaubt mir nicht mehr.«

»Ich habe eine Freundin, die ich liebe. Seit fünf Jahren.«

Als ich das sagte, sah ich Kristina vor mir, ihr Wohnzimmer, die weiße Couch, den niedrigen Beistelltisch, den großen Holztisch, an dem wir gegessen und getrunken hatten, das Badezimmer mit den beiden weißen Bademänteln, die zahllosen Flakons und Zerstäuber, die Schuhe paarweise nebeneinander vor der Eingangstür, und dann, zu allerletzt, das Schlafzimmer mit dem Stahlbett und den Verstrebungen, an die ich sie bisweilen gebunden hatte, den großen

Spiegel an der gegenüberliegenden Wand, in dem wir uns und einander beobachtet hatten, als wären wir in einem der Filme, die wir gelegentlich ansahen.

Ich hatte Kristina vor drei Jahren an eurem Ecktisch kennengelernt, als ich in dem Lokal, das ich seit damals törichterweise meines nannte, auszuhelfen begann. Während der Löwe an seinem Wein nippte, sah ich sie mit einem nietenbesetzten Lederhalsband, von dem eine Leine abging, nackt aus dem Badezimmer kommen, und gleich darauf sah ich sie eine Stunde später summend und tänzelnd im Bademantel vor dem Herd stehen und Steaks braten. Sie kochte mindestens so gut wie der arme Koch, dessen Seele und Körper ich verletzt haben soll, sie entdeckte fabelhafte Weine, wir vögelten, bis wir nicht mehr konnten, sie kam meiner Vorstellung von einer begehrenswerten Frau so nahe wie keine, die ich kannte, dich ausgenommen. Mehr als das Kokain hatte mir ein Porno, den sie mir wie ein Geständnis vorgeführt hatte, die Unmöglichkeit unserer Beziehung vor Augen geführt; ich kam nicht darum herum, in jener Verstörten in ihrer Zwangsjacke, die auf ein Bett gefesselt war und von zwei Wärtern benutzt wurde, eine Selbstaussage zu lesen, einen Wunsch, eine Phantasie, vielleicht sogar mehr. Auf einmal fiel mir ein, wie lange ich gebraucht hatte, um Kristinas Zahnbürste wegzuwerfen, wie schwer es mir gefallen war, ihre Anrufe nicht entgegenzunehmen, wie stark ich mich beherrschen musste, nicht einfach in ihre Boutique zu gehen und mich davon zu überzeugen, dass sie durchaus mit beiden Beinen im Leben stehe, wie sehr ich ihr hatte helfen wollen und wie sehr ich mich davor gefürchtet hatte, und ich fragte mich, wann und wie sie meine weggeworfen hatte.

»Schön.«

»Wollen Sie noch ein Glas?«

»Nein, geben Sie mir Bitter Lemon. Bitte.«

Er lachte, es klang nicht gestellt, ich öffnete eine Flasche, schnitt ein Stück von einer Limette und füllte ihm eine kleine Schale mit Pistazien, es war noch lange nicht Mitternacht. Er ließ sie unberührt, trank dein Getränk in zwei schnellen Schlucken aus, rauchte eine Zigarette zur Hälfte auf, murmelte *»Du* bist für *mich* gestorben« und verlangte die Rechnung. Nachdem er bezahlt hatte, sagte er »Verzeihen Sie wegen vorher«, steckte das Telefon in die Hosentasche, »tut mir leid«, und verschwand auf der Straße.

III

ABER SPRICH NUR EIN WORT

Gestern sah ich in der fremden Stadt eine Frau, die mich an dich erinnerte. Zuerst zweifelte ich an meinem Verstand, meiner Wahrnehmung, für einen kurzen Augenblick dachte ich, verrückt geworden zu sein, das alles nur geträumt, versehentlich das Leben eines anderen gelebt zu haben. Wenn ich »Ich« sage, müsste ich dieses »Ich« eigentlich einklammern, so fremd ist es mir geworden. Ich hielt inne, als ich die Frau sah, nicht im Gehen, ich ging weiter, in mir hielt ich inne. Es ist nicht die Kärntner Straße, sagte ich mir, es ist nicht Sonntag, kein Spätsommer, du bist nicht mehr.

Die Frau stand vor einem Blumenladen, ich war auf dem Weg zum Markt, um Fleisch, Fisch und Gemüse zu kaufen, der andere Koch in dem anderen

Lokal in der anderen Stadt vertraut mir. Man könnte sagen, wir seien Freunde, obwohl oder weil ich ihm wenig von mir erzähle und nicht mehr von ihm wissen will als das, was er preisgibt. Ich hörte Musik, die ich früher, in einem anderen Leben, gehört hatte, *Refused*, du hast bestimmt nie davon gehört, wütende Schreie nach einer anderen Welt. Ich dachte an die Clubs und besetzten Häuser, in denen ich mit meiner Band aufgetreten war, bevor ich aufs Schiff gegangen war, um alles hinter mir zu lassen, nicht nur die Gitarre und das Mikrofon, nicht nur die Clubs und besetzten Häuser, nicht nur die Groupies, die auch kleine Bands haben, nicht nur die Joints und Biere und den billigen Fusel.

Gerade in dem Moment, in dem ich die Frau sah, die mich an mir zweifeln ließ, sah ich mich auf der Bühne, im Scheinwerferlicht, Arme nach mir ausgestreckt, heiser, verschwitzt, das Leibchen klatschnass auf dem Körper, »Kapitalismus« sagen, Abend für Abend, das Mikrofonkabel um den Hals gewickelt, den Kopf in den Nacken geworfen, »ist organisiertes Verbrechen, wir alle sind seine Opfer«. Ich sagte das auf Englisch, weil man vieles auf Englisch leichter sagen kann, »I love you« zum Beispiel oder »Baby« oder »Sweetheart«, »I miss you« oder »You're gorgeous«, und just als diese kleine Szene in mir auftauchte, hauchte der schwedische Sänger meine Worte in Englisch über die leiser werdende Musik in meine Ohren, und mir ging auf, dass es nicht meine Worte waren, aber auch nicht seine, und dass ich damals viel näher an mir war. »Irina«, sagte ich, »das kann doch nicht«, dicht hinter der Frau vor der Auslage stehend, »ich meine.« Ich hatte mich umgedreht und war in ihre Richtung gegangen, sie hatte mich nicht gehört, in mir jubilierte es, ich tippte ihr auf die Schulter. Die Frau drehte sich um und blickte mich an, dass ich mich beinahe vor mir selbst gefürchtet hätte. »What's that?«, fragte sie, und weil mir nichts anderes einfiel, sagte ich »Capitalism is organized crime, we're all its victims«, drehte mich um und ging dem Markt entgegen.

Auf dem Weg dorthin begann ich mit dir zu sprechen, erzählte dir, wie es war, als er auf seine Couch sank, nachdem er Wort für Wort, Absatz für Absatz gelesen, die Bilder betrachtet und jeglichen Halt in sich von einem Moment auf den nächsten verloren hatte. Diese Stille auf einmal, dieses Entsetzen, diese Kluft zwischen dem, was er las, und dem, was er fühlte, und dem, was er hätte fühlen sollen. Fühlen wollen? Taubheit? Schock? Starre? Da warst du gesessen, neben ihm, die Märzirina, die Aprilirina, die Mai- und Juni- und Juliirina, die Herbst- und Winteririna, die angezogene, die beinahe ausgezogene, die espressotrinkende, die wasserverlangende, die ironisch oder boshaft von ihrem Büro erzählende – und zuletzt die Irina, die ihn der Pilzübertragung bezichtigte, die ihm mitteilte, er sei für sie gestorben. Und da, wenn er die Augen öffnete, vor der Küchentür, warst du ihm auf den Oberkörper gehüpft, hattest die Arme um seinen Hals geschlungen und gefragt, ob er sich auf dich gefreut habe – »Nein«, »du Schwein«, das alte Lied. Da hattest du ein ums andere Mal wissen wollen, wie das sei mit Beziehungen, wie er das sehe, dass du nur mehr Freundschaft mit gelegentlichem Vergnügen oder etwas wirklich Ernstes wolltest. Da hattest du von deinem Unfall erzählt, vom Tod der Mutter, von Studienzeit und Männern, vom Aufwachsen in einer untergegangenen Welt, an die du seit einiger Zeit öfter denken müsstest, von den alleralltäglichsten Beobachtungen, den kleinen Gemeinheiten und großen Feigheiten, aber auch davon, dass du gern wieder stark und furchtlos und unantastbar wie früher wärst. Da hattest du dich auf seinen Schoß gesetzt, da hattest du mehr als einmal gesagt, nebenbei, aber eben mehr als einmal, ihr könntet doch einmal einen Film ansehen, etwas Lustiges oder etwas Spannendes, deinetwegen auch eine Show, einfach so. Da hattest du ihm neue Schuhe und reizende Unterwäsche vorgeführt, ihm Fotos von dir auf deinem Mobiltelefon gezeigt, in die er dich hineinzuzoomen bat, da hattest du bunte Macarons auf den Tisch gelegt, vier Stück, zwei für dich, zwei für ihn. Da hattest du nach seiner Rückkehr aus der fremden Stadt auf einmal ganz selbstverständlich mit dem Kindermädchen telefoniert, es werde noch etwas dauern, es solle länger bleiben, viel zu viel Arbeit, da hattest du dir deinen Sohn geben lassen, dem du in einer dem Löwen fremden Sprache eine gute Nacht und süße Träume wünschtest. Da hattest du, als du ihm schon einmal die Rote Karte zeigen wolltest, davon gesprochen, eine Prinzessin zu sein, die einen Ritter brauche, um sie vor den bösen Drachen zu beschützen, und er hatte Stunden später, als ich unweit eures Ecktisches stand, wissen wollen, wer die bösen Drachen seien. Davon gebe es genügend, hattest du geantwortet und ihn dabei nicht angesehen, einen würdest du leider besser kennen. Und da, wenn er die Augen wieder schloss, hörte er dich sagen, nun sei es aber so weit, genug geredet.

Er konnte nicht in der Stadt, nicht in seiner Wohnung bleiben, und nicht nur, weil ihn zu viel an dich erinnerte. Dein Mann war verschwunden und nicht gefunden worden, bis heute wurde er nicht gefasst, trotz Fahndung, trotz Fotos, die noch immer seine Träume plagen. Seine Nummer war in deinem Mobiltelefon, auch wenn er sich fragte, unter welchem Namen du ihn gespeichert hattest, und die Nummer führt zu ihm, nicht nur die Staatsgewalt, wenn sie es will. Er musste auf der Stelle verschwinden, alles andere würde nachkommen, irgendwie, nicht einmal Zeit für ein Telefonat blieb, wen hätte er auch anrufen und was erzählen sollen. Er packte einen Koffer und einen Kulturbeutel, nahm den Laptop, auf dem er dir Bilder von sich in unterschiedlichen Verkleidungen gezeigt hatte, steckte Reisepass und Brieftasche ein und blickte aus jedem Fenster auf die Straße und durch den Spion auf den Gang, bevor er die Tür aufsperrte, die er so oft hinter dir versperrt hatte – »Bin ich jetzt gefangen?«, »Klar, die Kettensäge ist frisch geölt« –, und durchs Stiegenhaus huschte, durch das er so oft mit dir gegangen war. Er hatte nicht dein papierenes Täschchen mit den hochhackigen Schuhen in der Hand, er zog seinen Schalenkoffer hinter sich her, ließ im Hauseingang seinen Blick hin- und herwandern, ehe er in ein schwarzes Taxi stieg.

Und dann saß er im Flugzeug, jeder, dachte er, müsse ihm ansehen, wie es um ihn stehe, kurz vorm Kentern des Ichschiffs, sein Herz schlug so laut, dass es nur etwas entsetzlich Schlimmes sein konnte. Der Ministrant, der er einmal war, meldete sich in ihm zurück, die erste Bühne, die erste Verwandlung, und auf einmal hörte er »Aber sprich nur ein Wort« und sah die alten Weiber vor sich, die weiter murmelten, »so wird meine Selige sund«, und er wusste nicht, was das war, eine selige Sund, eine selige Sünde vielleicht? *So wird meine Seele gesund.* Herr, ich bin nicht würdig, dass du eingehst unter mein Dach, aber sprich nur ein Wort, so wird – meine Seele gesund. Und wer ging ein unter sein Dach, und wo war sein Dach auf einmal, als er der Stewardess mit viel zu leiser Stimme seinen Getränkewunsch mitteilte (Tomatensaft hätte er um nichts in der Welt über die Lippen gebracht), dass sie zweimal nachfragen musste und er sicher war, sie würde ihre Kolleginnen auf den Verrückten am Fenster in der fünfzehnten Reihe, 15 A, aufmerksam machen? Der Gott, den du nicht hattest, weil du ohne ihn aufgewachsen bist, der durch etwas anderes ersetzt worden war, war von ihm ersetzt worden, er hätte zum Islam konvertieren sollen, wegen seines Versprechens, der Höhepunkt, die Aushebelung der Verhältnisse mit und nach dem Höhepunkt sei ein Vorschein des paradiesischen Zustandes. Da, hätte er denken können, aber er konnte nicht denken, *es* dachte in ihm, finde sich vielleicht ein Anknüpfungspunkt für eine Verständigung der Weltreligionen, ein verbindliches Glücksversprechen, das einzige, das geblieben sei. Aber er sah nur dich vor sich, im Auto, am Ecktisch, im Stiegenhaus, auf der Sonnenliege über der Stadt, an der Ostsee, im Flugzeug, auf der Toilette bei geöffneter Tür, auf dem Sofa, im Bett, beim Herunterlassen der Jalousien, beim Vertauschen der Espressotassen. »Ich habe mit keiner anderen geschlafen«, wiederholte er, was er dir mehrere Male geschrieben hatte, ohne je eine Antwort zu bekommen, »ich habe dich nicht angesteckt.«

Und auf einmal brach alles aus ihm, dass sich der Mann neben ihm so weit wie möglich zur Seite drehte, und er war so allein wie nie zuvor, weil alle Beschwichtigungen, er könne nichts dafür, stimmten und auch wieder nicht, weil er von allem auf einmal auch das Gegenteil dachte und in erster Linie – dass du ihn umgebracht hättest. Das Leben, hatte er einmal zu dir gesagt, sich eine Zigarette angezündet und gelächelt, sei keine Generalprobe, du hattest lange nicht geantwortet, er hatte gesehen, wie etwas in dir Runden drehte, ehe du die Ellenbogen auf seiner Brust abgestützt, das Kinn auf deine Fäuste gelegt und gesagt hattest, ja, da habe er ausnahmsweise recht.

MIX
Papier aus verantwortungsvollen Quellen
FSC® C017859

Verlagsgruppe Random House FSC® N001967
Das für dieses Buch verwendete FSC®-zertifizierte Papier
EOS liefert Salzer Papier, St. Pölten, Austria.

1. Auflage
2013 Luchterhand Literaturverlag, München,
in der Verlagsgruppe Random House GmbH
Satz: Uhl + Massopust, Aalen
Druck und Einband: CPI Moravia s.r.o, Pohořelice

Printed in the Czech Republic
ISBN 978-3-630-87410-4

www.luchterhand-literaturverlag.de
www.twitter.com/luchterhandlit
www.facebook.com/luchterhandverlag